FOLIO POLICIER

Thierry Bourcy

Le château d'Amberville

Une enquête
de Célestin Louise,
flic et soldat dans la guerre de 14-18

Gallimard

Thierry Bourcy est scénariste pour la télévision et le cinéma. Il est également le créateur du flic et soldat Célestin Louise, qu'il lance, lors de la guerre de 14-18, dans des aventures et des enquêtes permettant de faire revivre avec force et émotion cette période incroyable et tragique de l'histoire du XXe siècle. *Le château d'Amberville* est le troisième volet de ces romans, tous publiés par Nouveau Monde éditions.

À ma sœur
À mes parents

Prologue

C'est une journée de début d'automne encore pleine de la chaleur d'été. La forêt sent bon. Déjà, les feuilles commencent à jaunir, avec ici et là de flamboyantes taches rouges que le soleil exalte. En contrebas du chemin scintille la rivière. Elle descend du cheval qu'elle attache à un arbre. Lorsqu'elle arrive près de l'eau, en face du grand rocher plat sur lequel, tout à l'heure, elle se fera sécher, elle se déshabille et sent la fraîcheur délicieuse sur sa peau. Elle frissonne un peu en se mettant à l'eau. Sous ses pieds, la vase et le sable, et quelques cailloux ronds. Elle prend l'eau transparente dans le creux de sa main, en fait couler dans son cou, sur son dos, sur ses longs bras minces. Le reflet de son corps blond tremble sur l'eau courante. Elle dénoue ses cheveux, ils ont la couleur des blés, ils tombent en cascade sur ses épaules. On pourrait la prendre pour une fée. Enfin, elle se glisse tout entière dans la rivière, une main glacée la serre puis se laisse attendrir, il fait bon nager jusqu'à l'autre rive, là où le courant a creusé une toute petite anse où elle peut se reposer. Ses genoux et la pointe de ses seins affleurent seuls à la surface de l'eau peu profonde. Là, les yeux fermés, elle s'abandonne au soleil, au murmure de la rivière, au chant des oiseaux. Puis elle sent qu'elle va bientôt avoir froid, se jette à nouveau dans le courant et revient au rocher. Son cœur s'affole un peu lorsqu'elle ne revoit plus ses vêtements. Le soleil l'éblouit, elle cligne des paupières, mais il n'y a plus rien sur l'herbe. Impossible qu'elle se trompe d'endroit. Le vent ? Il y a juste une légère brise qui fait chuchoter la cime des arbres roux. Un renard ? Ces bêtes-là ont trop peur des humains. Elle hésite, elle se sait protégée par la rivière, mais elle ne peut pas rester ainsi, déjà le bout de ses doigts devient tout blanc. Un nuage passe devant le soleil, la rivière devient grise et terne. Debout près du rivage, elle se sent tout à coup glacée. Des ombres bougent dans les taillis. Elle croit entendre un rire étouffé. Elle fait pourtant un pas hors de l'eau, elle s'entête à chercher encore ses habits disparus. Soudain, ils sont là, deux hommes hirsutes aux grandes bouches rieuses d'où tombent quelques obscénités. Ils sont au-dessus d'elle, à contre-jour, elle distingue mal leurs visages, croit les reconnaître. L'un d'eux lui attrape le poignet, elle se dégage, sa peau humide glisse dans la grosse main rugueuse. Elle va retourner à l'eau, elle nagera jusqu'à la maison du garde, cela ne lui fait pas peur. Mais un troisième homme est venu derrière elle et la fait tomber sur l'herbe. Après, c'est la curée. Elle se souvient des souffles courts, des mains qui pétrissent sa poitrine, de ses jambes qu'on écarte, de la violence faite à son corps, de la douleur brûlante, de ses cris puis de son silence, de ses larmes. Et puis il y a ce bruit de course précipitée, un corps qui tombe à terre et qui agonise dans un tremblement obscène, des jurons, un hurlement, une lame qui coupe un cou, et du sang, du sang chaud qui l'inonde.

CHAPITRE 1

Le mort-homme

Le petit Béraud s'était endormi et, avec les cahots de la route, avait peu à peu laissé sa tête reposer sur l'épaule de Célestin Louise. Comme le reste du 134e régiment d'infanterie, la section du lieutenant Doussac avait embarqué, après le trajet en train jusqu'à la gare de Revilly, à bord des gros camions Renault dont la plate-forme arrière, recouverte d'une bâche et simplement équipée de deux banquettes de bois, pouvait abriter une quinzaine de soldats. Béraud et Célestin s'étaient mis au fond. Près d'eux, le gros Flachon ronflait comme un sonneur, Fontaine, les coudes sur les genoux, regardait fixement un filet d'eau luisante qui dégoulinait sur la toile, et Peuch s'abrutissait à l'eau-de-vie. La colonne de transport de troupes avançait depuis une heure sous un rideau de pluie, des trombes d'eau grise qui tombaient d'un ciel invisible. Ils n'étaient pas les premiers à quitter ainsi le front de Champagne pour rejoindre les environs de Verdun où l'on savait que Joffre et son état-major avaient lancé une offensive gigantesque. L'attaque durait depuis des semaines et était supposée enfoncer le front allemand pour remporter la victoire décisive à laquelle les officiers supérieurs s'obstinaient encore à croire. Mais le vaste mouvement, si clair et convaincant sur les cartes du front autour desquelles discutaient les généralissimes, s'était vite enlisé, brisé par les tirs meurtriers des mitrailleuses et les bombardements quotidiens. La noria de soldats dont Joffre avait fait son mot d'ordre prenait l'allure d'un holocauste, le front se révélait un puits sans fond et les morts s'accumulaient, des régiments entiers disparaissaient qu'on tentait de reconstituer avec les débris rescapés des autres unités. La 3e section commandée par le jeune normalien Bertrand Doussac savait parfaitement où on l'envoyait. Les nouvelles avaient circulé très vite tout le long des lignes grâce aux lettres que les soldats d'une même famille s'écrivaient les uns aux autres, ou colportées par les fourriers et les territoriaux. La seule compensation au désespoir venait des permissions, données plus régulièrement et avec plus d'équité. Les paysans n'étaient plus les seuls à partir au moment des moissons, tout au long de l'année, par roulements, les hommes avaient le droit de rejoindre leurs familles pendant quelques jours qui passaient trop vite. Même s'il arrivait parfois qu'au dernier moment le commandement supprimât les départs. Certains, surpris par le nombre de morts qui endeuillaient leurs villages, ou déçus par l'insouciance des gens de l'arrière, ou bien encore incapables de redevenir des civils, revenaient encore plus amers de ces courtes absences. Ainsi Peuch, depuis que sa femme était partie avec un autre, refusait de quitter le front, et sombrait peu à peu dans l'alcool. Il prit encore une lampée de gnôle et regarda Célestin.

— Tu crois qu'ils vont revenir nous jouer une pièce, tes copains comédiens[1] ?

— J'en sais rien. Et c'est pas mes copains.

— C'est Eulalie Borel qui t'a tapé dans l'œil ? intervint Fontaine, un sourire en coin.

— Non… C'est juste histoire de passer le temps.

Peuch baissa les yeux et se rencogna sur sa banquette. Du menton, Fontaine désigna Béraud.

— Il en écrase, le petit.

— Qu'il en profite. J'ai idée qu'on ne va pas beaucoup dormir dans les jours qui viennent.

— T'es sûr qu'on va pas sur la Picardie ?

— On va plein est, bonhomme, on est bons pour Verdun.

Un coup de frein les précipita les uns contre les autres, le camion s'arrêta. Flachon cessa de ronfler, ouvrit les yeux et grogna.

— On est arrivés ?

Doussac, qui se tenait tout à l'arrière, écarta un pan de la bâche et jeta un coup d'œil dehors. De ce que la pluie laissait entrevoir, ils étaient en pleine campagne. Une rangée d'arbres tremblait sous les gouttes d'eau, les bas-côtés portaient l'empreinte ouvragée des roues et le camion juste derrière eux

1. Voir Thierry Bourcy, *L'arme secrète de Louis Renault — Une enquête de Célestin Louise, flic et soldat dans la guerre de 14-18*, Folio Policier n° 528.

était couvert de boue. La voix du capitaine Philippon hurla :

— À la manœuvre ! J'ai besoin d'une dizaine d'hommes !

Doussac regarda sa section. Peuch, Fontaine et Flachon ne firent même pas semblant d'être volontaires. Louise repoussa doucement Béraud qui dormait toujours et fit un signe à son lieutenant. Doussac acquiesça.

— On y va.

Les deux hommes sautèrent à bas du camion. La pluie, moins violente, leur faisait comme un écrin ouaté, étouffant les bruits et se déposant sur les épaisses capotes comme un long foulard brillant. Doussac et Célestin remontèrent le convoi, rejoignant les autres volontaires, et débouchèrent sur un carrefour encombré de débris de métal. Une section d'artillerie avait dû prendre position en catastrophe sur cette portion de route, et l'un des canons avait explosé. L'intensité des pilonnages provoquait souvent ces accidents qui entraînaient la mort ou la mutilation des servants. Les artilleurs étaient repartis en abandonnant la carcasse démantibulée en travers du chemin.

— Ils ont dû se carapater en vitesse, les artiflots ! remarqua un des poilus en détaillant le canon éventré.

— Arrimez-moi cette pièce et dégagez la route ! commanda Philippon.

Un adjudant arriva avec des cordes. Célestin en attrapa un rouleau et entreprit d'en fixer un bout à ce qui restait de l'affût. Comme il serrait le nœud, un contact froid et humide le fit sursauter. Coincée sous la culasse, une main pendait, déchiquetée, noire et boursouflée. Doussac aussi l'avait remarquée. D'un geste sec, il l'arracha au métal et la balança dans un champ voisin, dérangeant deux corbeaux qui s'éloignèrent en croassant pour revenir un instant plus tard se disputer ce festin inattendu.

– Et un, et deux, et trois… Ho ! Hisse ! Ho ! Hisse !…

Halé par la petite dizaine de soldats, le canon abandonné que ses roues brisées ne portaient plus fut tiré, mètre après mètre, jusqu'au fossé. En un dernier effort, les hommes le firent basculer en bordure du champ. Ainsi couchée sur le côté, grise et tordue, la machine de guerre ressemblait à un de ces chevaux agonisant qu'on retrouvait partout, et même sur le champ de bataille, et dont les plaintes insupportables minaient les nerfs des hommes. La voie était libre. Philippon renvoya les volontaires à leurs places, grimpa dans le camion de tête et la colonne se remit en route.

Une demi-heure plus tard, le 134e débarquait dans un de ces villages fantômes, un peu en arrière du front, que deux années de guerre avaient vidés : Villedieu-le-Sec.

– Le sec ! rigola Flachon. Je demande à voir !

– C'est tout vu, saucisse à pattes, regarde : il pleut plus.

De fait, avec le soir, les nuages s'étaient effilochés, laissant voir à l'ouest les traînées sanguinolentes du coucher de soleil. C'était le tout début de l'été et le jour s'éternisait. Les camions repartirent à vide, les lumières rouges de leurs feux arrière s'évanouirent dans la grisaille, entre chien et loup. Il faisait bon. Appuyé contre un mur en partie détruit, Flachon se roulait une cigarette en écoutant le grondement sourd qui leur venait de l'est.

— On est mieux ici que là-bas... Qu'est-ce qu'on bouffe ?

— Tu verras bien, bec de puce. Ça peut pas être pire qu'hier, mais sûrement meilleur que demain ! le charria Fontaine.

Près de lui, Peuch, affalé au pied d'un arbre en fleur, se grattait en maugréant. Il était ivre mort. Célestin et Béraud l'aidèrent à se relever quand Doussac leur indiqua la masure sans toit où ils allaient passer la nuit. Ils défirent leurs paquetages, s'aménagèrent tant bien que mal des coins où dormir sans se faire trop mal au dos et mirent à sécher leurs capotes trempées aux branches des arbres et sur les débris des cloisons. Ça sentait le fauve. Peuch sombra dans le sommeil sans attendre la soupe qui leur arriva un peu moins froide que d'habitude. Comme ils partageaient leur quart de rouge, le petit Béraud leva vers Célestin Louise des yeux implorants.

— Je voudrais que ça s'arrête, monsieur.

— Ça s'arrêtera un jour. Une guerre ne peut pas durer indéfiniment.

— Il y a bien eu la guerre de Cent Ans !

— Elle n'avait rien à voir avec la nôtre, mon gars, c'était parfois des bagarres entre vingt ou trente zigues dans un coin perdu, au pire, quelques milliers d'hommes qui se fracassaient le crâne à coups d'épées. Et c'était pas tous les jours, et ils n'étaient pas coincés dans des trous, comme nous, à attendre que le ciel leur tombe sur la tête !

Germain Béraud digéra son bout d'histoire de France, finit son vin d'un trait et murmura :

— J'ai rêvé que je me promenais sur les fortifs, à Clignancourt, et que tous les tapins venaient me faire la fête. J'étais comme un héros.

— Mais t'es un héros, bonhomme, comme Doussac, comme Fontaine, comme Flachon. Et même comme Peuch.

— Comme vous, alors ?

— Si tu veux. Un héros, dans notre merdier, c'est celui qui tient le coup. Juste tenir le coup, tu vois ?

— Oui… Mais jusqu'à quand ?

— Dis-toi seulement que ça va se terminer un jour, et donc que chaque jour qui passe, c'est un jour de gagné.

Un pan de sol se souleva juste à leurs pieds. Célestin fit un geste vers son Lebel avant de distinguer la face émaciée d'un très vieil homme qui, une lampe à la main, émergeait d'une cave creusée là.

— Français ? Vous êtes des Français ?

— Plus français que nous, c'est difficile, mon pote ! éructa Flachon. Qu'est-ce que tu bouines là-dessous ?

Le vieux prit le temps de regarder tous les soldats qui le dévisageaient avant de quitter son abri dont il laissa retomber la trappe derrière lui.

– Les Boches sont venus jusqu'ici, dans les débuts de la guerre. Ils voulaient tout nous prendre, les animaux, le blé, le vin, tout ce qu'on avait mis de côté. Mais nous, on n'a rien voulu leur donner.

– Et comment ça s'est terminé ?

– Il y a eu une contre-attaque, ils ont dû déguerpir. Avant de partir, ils ont fusillé notre maire. Mais ils nous ont pas oubliés ! Quelques jours après, leurs maudits avions sont venus nous bombarder, alors voilà ce qui reste du village.

Il fit un geste du bras et le faisceau de la lampe éclaira les murs écroulés et les débris de mobilier tout autour.

– Et toi, grand-père, pourquoi que tu restes là ? lui demanda Flachon.

– Où veux-tu que j'aille, fils ? Mes deux filles et mes gendres ont été tués sous les bombes, et mon seul petit-fils est quelque part sur le front, il ne prend même plus la peine de m'écrire. De toute façon, il n'y a plus de facteur… Il y en a un de vous qui aurait du tabac ?

Flachon lui tendit une cigarette qu'il venait de rouler.

– Toute fraîche faite !

Il la lui alluma. Le vieux se mit à fumer avec plaisir. Les soldats le regardaient comme un fantôme, une apparition qui leur rappelait leurs familles et tout le chagrin qui se déposait à l'arrière, entre les morts et les absents.

— On est loin du front ? demanda Célestin.

— Tu peux l'entendre d'ici… Des semaines et des semaines qu'ils ont commencé la danse… Mes pauvres gars !

Encore une fois, il les dévisagea, puis il disparut dans la nuit.

— Il va nous porter la poisse, ce vieux bonhomme, murmura Fontaine.

— Parce que tu crois qu'on est vernis, bec de veau ?

— Au moins, on n'est pas morts.

C'était sans réplique. Chacun s'installa dans son coin, en essayant d'oublier l'enfer qui les attendait au bout de la route. Recroquevillé dans ce qui avait dû être une cheminée, Peuch ronflait toujours.

Un grand soleil blanc se levait à l'est, le lendemain, lorsque la compagnie se mit en route pour la dernière étape. Aux profondes ornières creusées par les camions, aux caisses éventrées, au matériel épars, hors d'usage, on sentait la proximité du front que le roulement continu des canonnades, au loin, rendait encore plus menaçant. Accablés par la chaleur grandissante, les pieds souffrant d'ampoules, le dos brisé par le poids des paquetages, les hommes n'avaient plus le courage de parler. Les yeux fixés sur le mauvais chemin qui les emmenait à travers un paysage de désolation, ils ne pensaient qu'à mettre un pied devant l'autre et la fatigue, peu à peu, les abrutissait. Une voiture d'état-major vint à les croiser, qui emmenait par extraordinaire un général et son ordonnance. Les yeux froncés sous son képi, l'officier supérieur observait d'un air incrédule la colonne qui se dirigeait vers les combats.

— C'est insensé ! Ces hommes ont l'air de dormir debout ! fit-il remarquer à son aide de camp.

— Oui, mon général, ils dorment, en effet.

La voiture s'embourba à ce moment dans une ornière et resta immobilisée quelques minutes. Le petit Béraud, qui avait entendu la remarque indignée du galonné, s'arrêta à deux pas du véhicule et regarda l'officier droit dans les yeux. Hormis l'épuisement, son visage n'exprimait rien, il était seulement devenu blanc d'une colère froide. C'est le général qui détourna les yeux. Célestin revint en arrière et entraîna Béraud.

— Allez, viens, ça vaut pas la peine d'avoir des histoires pour un crétin de ce calibre !

Béraud reprit la marche à contrecœur. De plus en plus fréquemment, des soldats s'arrêtaient pour vider leurs gourdes ou simplement pour s'asseoir un petit moment sur une souche ou une grosse pierre, encourant aussitôt les foudres de leurs supérieurs. Caracolant le long de la colonne, le colonel Tessier, impeccable sur son cheval bai, menaçait les soldats qui s'octroyaient ainsi des haltes sauvages. Cela n'empêchait pas certains poilus exténués de se laisser tomber de tout leur long dans les fossés.

— Les hommes qui arriveront après les autres, hurla Tessier, iront directement à la visite médicale. Et s'ils ne sont pas reconnus malades, je les ferai mettre aux arrêts !

La menace opéra quelques instants, puis, de nouveau, les hommes, exténués, s'improvisèrent des pauses. Enfin, sur le coup de midi, après plus de six heures de marche forcée, la 22e compagnie parvint à un village sans nom, sans rue, sans habitant. Lorsque Célestin, Béraud, Flachon, Fontaine et Peuch arrivèrent au carrefour de routes défoncées qui avait dû être le centre du hameau, un attroupement les arrêta. Les hommes, ahuris, faisaient cercle autour d'un monument brunâtre, graisseux, d'où sortaient ici et là des morceaux d'os. C'était des soldats morts qu'on avait empilés avant de les brûler, il n'en restait plus que ce bloc informe et sinistre, monument à la guerre et à la cruauté.

— Ils auraient pas pu les enterrer, non ? gueula Flachon.

— Qui est-ce qui a fait ça ? Les Boches ou les nôtres ?

— Les Boches, c'est sûr.

— Allez, restez pas là, ordonna le lieutenant Doussac. Tâchez de vous abriter jusqu'à la nuit, et ne vous montrez pas trop : il y a des vols de reconnaissance ennemis jusqu'ici. Des autos viendront nous chercher à la tombée de la nuit.

— Des autos, mon prince ? rigola Flachon. On est gâtés.

— Ils sont surtout pressés qu'on arrive, constata Fontaine.

Les hommes se dispersèrent à la recherche des abris disponibles. Profitant de coins de murs ou de morceaux de clôtures encore debout, ils installèrent des branchages qui avaient l'avantage à la fois de leur donner de l'ombre et de les dissimuler aux regards d'un éventuel aviateur allemand. Peuch, pour une fois tiré de son hébétude, voulait à tout prix commencer une partie de belote. Il sortit un jeu mais, en comptant les cartes, ils s'aperçurent qu'il y manquait le valet de pique.

— On peut pas jouer, se hâta de se défausser Fontaine.

— En plus, c'est le vingt de pique… ajouta Flachon, pas plus enthousiaste.

— Et alors ? insista Peuch. Y a qu'à dire que le sept de pique, c'est le valet, je peux même le marquer dessus.

— Et le sept, tu vas le remplacer par quoi, manche à couilles ?

— Je vais le découper… Je vais bien trouver un bout de carton…

Et comme si c'était devenu la chose la plus importante du monde, il se mit à fouiller fébrilement dans son sac, rejetant ce qui le gênait et qui fit un tas hétéroclite à ses pieds : linge de corps, quelques bouts de chocolat pas encore bouffés par les rats, un couteau, des morceaux de cuivre récupérés dans des douilles d'obus, des vieux crayons, un crucifix, des boîtes en fer qui commençaient à rouiller et un paquet de cartes postales dont il défit la ficelle.

— Vous voyez, des cartes, j'en ai… Tiens, regardez celle-là, c'est ma femme qui me l'avait envoyée, j'en ai plus rien à foutre, autant que je la découpe, non ?

Les autres le regardaient, gênés. Il se tourna vers eux.

— Qui c'est qu'a des ciseaux ?

— Tu sais, Peuch, on n'a peut-être pas trop envie de jouer.

Il se figea d'un coup, sa pauvre carte à la main. Ses yeux tombèrent sur les quelques tendresses que, plus d'un an auparavant, sa femme, encore amoureuse, lui avait envoyées.

— Salope !

Il balança la carte qui, curieusement, alla se ficher dans les branchages qui les abritaient.

— Tu vois, elle va nous protéger, plaisanta Fontaine.

— Au contraire : elle sera la première à écoper si un obus nous tombe dessus !

Il remit à la hâte dans son sac les affaires qu'il avait sorties, et termina avec le jeu de cartes incomplet qu'il rangea soigneusement dans une boîte de pastilles vide.

— Le valet de pique… Vous croyez que c'est un mauvais signe ?

— C'est signe qu'on va pas jouer à la belote.

Le reste de l'après-midi, les hommes somnolèrent, tâchant d'oublier ce qui les attendait. Célestin avait réussi à installer entre lui et la mort comme un mur d'indifférence qui le rendait insensible à l'idée de sa propre disparition et lui permettait de supporter les horreurs quotidiennes de cette guerre qui n'en finissait pas. Mais dans les moments de grand danger, juste avant les assauts, quand l'éventualité d'une blessure devenait presque palpable, quand il anticipait le choc sourd qui broyait les chairs et laissait brisé, mutilé, dans ces moments-là la peur revenait, suffocante ou panique. Alors tout son corps se tendait pour ne pas s'effondrer dans un hurlement de terreur, ou pour ne pas s'enfuir à toutes jambes en oubliant le front, les tranchées, le massacre. Il s'était endormi et ses rêves l'avaient ramené à Paris, dans la petite maison de bois de la rue Corvisart où habitaient les deux femmes qu'il aimait le plus : sa sœur Gabrielle et la jolie Éliane, rescapée du front, qu'il avait installée près d'elle[1]. Il y avait même trois femmes, depuis la naissance de la petite Sarah, la fille d'Éliane. Et il y avait lui, Célestin, qui se sentait tout ému quand il prenait l'enfant dans ses bras. Dans son rêve, d'ailleurs, la petite fille avait grandi, elle portait une longue robe blanche, une robe d'été, et traversait une prairie pour venir se serrer contre lui. Tout au fond, à l'orée d'une petite forêt, Éliane se tenait immobile, souriante. Et puis tout disparut, une main le secouait, c'était Béraud.

— Réveillez-vous, monsieur, on va partir.

La lumière avait baissé, le ciel avait pris les teintes orangées du soir. Tout englué de transpiration, encore lourd de ce sommeil d'après-midi dans l'inconfort du boyau et le bourdonnement des grosses mouches noires qui ne les quittaient ja-

1. Voir Thierry Bourcy, *La Cote 512 — Une enquête de Célestin Louise, flic et soldat dans la guerre de 14-18*, Folio Policier n° 497.

mais, Célestin bâilla, s'étira et attrapa le quart de rouge que lui tendait son compagnon. Au loin, le bruit des canons n'avait pas cessé. Le fourrier leur avait déposé quelques grosses miches de pain qu'ils se partagèrent avec des boîtes de bœuf froid. Les autos arrivèrent à la tombée de la nuit. La compagnie s'installa sur les plates-formes aménagées à l'arrière des véhicules qui prirent la direction du front. Comme ils approchaient et que le fracas des bombardements se faisait plus précis, les autos éteignirent d'abord un phare, puis le second et s'immobilisèrent. Les soldats descendirent. Il leur restait cinq ou six kilomètres à faire dans le noir, à travers une zone sans repère, laminée par les obus, lacérée d'ornières et de fils barbelés qu'on n'avait même pas pris la peine d'enterrer. À plusieurs reprises, Doussac se trompa de route, faisant grogner les hommes qui, à chaque instant, perdaient l'équilibre dans une fondrière ou allaient s'écorcher les mains sur les ronces artificielles. Il fallut près de trois heures à la section pour se retrouver en deuxième ligne dans une tranchée qui n'était qu'un vague fossé creusé à la hâte par leurs prédécesseurs, probablement pris sous le feu d'une mitrailleuse et désireux de s'abriter. On distinguait nettement dans le ciel les fusées éclairantes blanches, rouges, vertes, qui dirigeaient le tir des artilleurs, et le feu d'artifice des explosions qui se succédaient à un rythme effrayant et faisaient constamment trembler le sol. Ils se trouvaient à quelques centaines de mètres en surplomb d'un ravin, séparés d'une autre colline qui, à en juger par le déferlement d'obus, était âprement disputée par les deux camps. Parfois, les projectiles se suivaient à intervalles si rapprochés qu'on aurait dit un volcan au bord duquel ils se seraient tenus. Un murmure parcourut la petite troupe.

— La cote 304 ! C'est la cote 304 !

Ils étaient à la fois effrayés et fascinés d'être là, sur cette ligne devenue légendaire pour les massacres qui s'y succédaient, attaques et contre-attaques meurtrières pour quelques mètres repris et reperdus et qui ne décidaient de rien sinon du destin tragique de milliers d'hommes envoyés à la mort. Les fulgurantes clartés qui déchiraient la nuit jetaient des reflets sinistres sur la masse grisâtre et désolée du Mort-Homme. À quelques dizaines de mètres sur leur droite se dressaient les restes d'un moulin criblé d'éclats d'obus, mais au pied duquel coulait une petite source où ils purent remplir leurs bidons. Tout le restant de la nuit, ils travaillèrent sans répit à remettre en état la tranchée, à lui donner une profondeur suffisante pour qu'ils s'y sentissent à l'abri, à installer un parapet en entassant des sacs de sable et à creuser quelques abris individuels. Une sape commencée par ceux qui les avaient précédés fut investie par Doussac qui l'aménagea sommairement et y creusa quelques marches d'accès. Au matin, Célestin, exténué, put contempler cette fameuse cote 304 qui semblait un des enjeux stratégiques majeurs de la bataille de Verdun. Ce n'était qu'une colline tellement bombardée qu'il n'y subsistait plus un arbre, plus un buisson, plus un brin d'herbe. Cette colline séparait les deux camps, mais les Allemands avaient réussi à conserver un ouvrage fortifié au sommet duquel ils mitraillaient les vagues d'assaut des Français. Ceux-ci avaient pris position dans les bois de la colline attenante tandis que les Allemands occupaient les pentes nord-ouest du Mort-Homme. Les artilleurs, des deux côtés, pilonnaient sans répit.

— Comment il peut encore rester un bonhomme vivant là-dessous ? murmura Béraud, effaré.

Toute la journée, ils restèrent une fois encore terrés dans leur boyau qu'à nouveau ils avaient camouflé du mieux possible. À deux reprises, des avions allemands les survolèrent sans les repérer.

— Mais nos zincs, à nous, qu'est-ce qu'ils foutent ? grogna Flachon. Ils battent le record de la traversée de la Manche ?

Enfin, la nuit les délivra de leur prison de terre et de boue. La section reçut l'ordre d'aller occuper une autre tranchée, à quelques centaines de mètres en avant. Ils y allèrent par petits groupes, en courant, courbés en deux, profitant des nuages qui passaient devant la lune pour gagner du terrain. À un moment, Célestin se retrouva couché dans un trou d'obus, avec Béraud, Fontaine et Flachon.

— Je vois pas pourquoi on sera mieux là-bas que là d'où qu'on vient ! interrogea Fontaine.

— Tu veux que je te le dise, bonhomme ? Parce que dans la tranchée, devant, il y a un abri grand luxe pour monsieur notre colonel, dix mètres sous terre, de l'espace et même une cheminée : il allait pas rater ça, le galonnard !

– Ah, si c'est de la haute stratégie, alors, y a rien à dire !

Quelques instants plus tard, ils s'installaient dans cette tranchée de première ligne, relevant ceux du 114e, trop heureux de quitter un temps ce coin maudit. Les bombardements reprirent à l'aube, rafales d'obus tirés au hasard et qui, par chance, ne firent aucune victime. Avec le soleil et la chaleur revint la puanteur des cadavres mal ensevelis, souvent à peine recouverts d'une mince couche de terre et dont un bras, une jambe, une tête parfois, émergeait soudain après une explosion. Ils portaient l'insigne du 114e qui avait dû laisser la moitié de ses effectifs dans des assauts sans résultat. Le boyau était encombré de débris de toutes sortes : fusils brisés, bidons crevés, musettes déchirées, sacs éventrés d'où s'échappaient des lettres à peine écrites et des cartes reçues que la brise emportait, souvenirs divers conservés précieusement… Béraud, qui avait abandonné une bonne partie de son paquetage durant la marche harassante de la veille, put reconstituer aisément son outillage, ses réserves et ses munitions. Et puis la pluie revint, drue et serrée. L'eau ne tarda pas à s'infiltrer dans le fossé, à inonder les souliers. Du rebord des casques, elle tombait goutte à goutte, formant des filets glacés qui dégoulinaient sur les épaules, les dos, les reins. Les hommes de garde au parapet pointaient leurs inutiles fusils sur cet immense mur gris où se confondaient le ciel et la terre. La nuit tombant, les averses redoublèrent. La disposition des tranchées était tellement irrégulière qu'il était impossible de savoir si, juste devant, la position était occupée par des Français ou des Allemands. Le capitaine Philippon parcourut le boyau tenu par sa compagnie à la recherche de trois volontaires pour partir en reconnaissance jusqu'au prochain petit poste. Il n'avait encore trouvé personne lorsqu'il arriva à la section de Célestin. Doussac, une fois encore, se porta volontaire, Célestin aussi. Du coup, Béraud leva la main.

— Je veux y aller moi aussi, mon capitaine.

— Vous êtes trois, c'est parfait. Ne prenez pas de risques inutiles, dégagez si vous êtes pris sous le feu ennemi, ce que je veux, c'est des renseignements les plus précis possible : pas de prisonniers, et encore moins de pertes. C'est compris ? Dès qu'il fera nuit, vous y allez. Et vous revenez me faire votre rapport.

— Bien, mon capitaine ! obtempéra Doussac.

Dès que Philippon eut tourné les talons, Célestin se mit à engueuler Béraud.

— Qu'est-ce que tu viens te foutre dans ce pétrin, toi ? On t'a rien demandé, reste donc tranquille.

— Si vous y allez, monsieur, j'y vais aussi.

— Tu sais que c'est dangereux ?

— Avec vous, j'aurai pas peur.

Le môme avait dit ça avec une telle candeur que Célestin sentit toute sa colère tomber d'un coup. Il se rencogna sous le bout de toile qui leur servait d'abri.

— En attendant, roule-moi donc une cigarette. Et allume-la proprement.

CHAPITRE 2

La blessure

Il était plus de onze heures du soir quand Doussac émergea de son abri et rejoignit Célestin et Béraud. Une lune timide se glissait entre les déchirures des nuages noirs. Parfois, au nord-est, le ciel s'éclairait sporadiquement au gré des salves que l'artillerie allemande envoyait au hasard, et les soixante-quinze Français répliquaient à leur tour. Nuit et jour, sans une minute de répit, les combats se poursuivaient autour de cette colline sinistre, comme si la guerre avait choisi cet endroit lugubre pour ressembler aux pires cauchemars des hommes. Les trois soldats se débarrassèrent de leur équipement, ne conservant que leur fusil, baïonnette au canon, et deux paquets de cartouches. Ils rampèrent hors de la tranchée et s'avancèrent à travers le *no man's land*, un océan de débris où, comme portés par une houle tellurique, ils montaient et descendaient d'un trou d'obus à l'autre. Alors qu'ils se laissaient rouler au fond d'un de ces cratères, Célestin heurta une grosse boule de terre de laquelle sortit un gémissement sourd. À mieux y regarder, la carapace de boue avait une vague forme humaine et, comme sur les gravures fantastiques qui illustrent certains contes, un visage se dessina, une bouche s'ouvrit et laissa passer une bordée de jurons. De toute évidence, il s'agissait d'un Français.

— Ta gueule, lui souffla Célestin. Va pas nous faire repérer.

Après la bouche, deux yeux s'ouvrirent, contemplèrent le ciel de nuit puis se refermèrent.

— Alors laissez-moi dormir. Je suis fatigué.

— Qu'est-ce que tu fous là ? Depuis combien de temps t'es dans ce trou ?

— Un paquet de temps. Peut-être que j'ai toujours été là ?

— Identifiez-vous, lui ordonna Doussac.

— Soldat Joachim Fufelet, 114ᵉ régiment, 1ʳᵉ compagnie, 2ᵉ section.

— Je suis le lieutenant Doussac, du 134ᵉ. On est venus vous relever.

— Fallait venir plus tôt ! Moi, je bouge plus d'ici. Je me suis fait canarder par les Boches, pilonner par nos soixante-quinze, à moitié enterrer par une marmite, je sais même plus de quel côté aller, alors ça va comme ça.

La grosse boule grise roula sur elle-même, tout ce qu'elle avait d'humain disparut et les trois éclaireurs n'eurent plus devant eux, à nouveau, qu'un bloc de terre immobile. Béraud regarda les deux autres.

— Qu'est-ce qu'on fait, mon lieutenant ?

— On ne va pas le prendre sur notre dos. S'il veut crever ici, c'est son affaire. Plus la nôtre. Allez, on continue.

Les trois hommes se remirent à ramper au milieu du chaos. Célestin, qui n'avait pourtant pas de religion, se prenait à penser à l'enfer, un enfer construit par les hommes et qui prenait toutes les figures de l'épouvante. Les reflets de la lune n'éclairaient qu'une immense désolation de ruines et de cadavres. L'artillerie tonnait sans arrêt et des gerbes rouge sang s'élevaient à tout moment sur l'écran noir du Mort-Homme. Et sur tout cela, nuit et jour, flottait une puanteur atroce que le vent d'été n'arrivait pas à chasser. Doussac leva la main : une double rangée de fils barbelés leur interdisait d'aller plus loin. Ils arrivaient à une tranchée sans qu'il leur fût possible de savoir si elle était française ou allemande. À progresser ainsi en sauts de crabe dans l'affolement de la terre éventrée, ils avaient fort bien pu suivre une trajectoire courbe qui les ramenait sur leur propre première ligne, elle-même tracée irrégulièrement à flanc de colline. Ils avaient au contraire tout aussi bien pu s'avancer jusqu'aux avant-postes ennemis qu'à force d'attaques et de contre-attaques rien ne distinguait plus des leurs. Un repli de terrain leur dissimulait la tranchée, ils étaient obligés de s'avancer encore de quelques mètres.

— Les pinces ! lança le lieutenant.

Célestin attrapa dans sa poche une paire de cisailles qu'il passa à Doussac. Celui-ci, avec mille précautions, entreprit de couper les barbelés pour leur dégager un passage. Comme par un fait exprès, et pour la première fois depuis des jours et des jours, la canonnade cessa. Il se fit un surprenant silence et la lune, curieuse, se montra tout entière.

– C'est bien notre veine ! pesta Béraud.

Célestin lui fit signe de se taire. À chaque fois que les cisailles mordaient dans le fer, et malgré toute l'attention qu'y portait Doussac, le bruit métallique des mâchoires qui claquaient leur paraissait résonner dans la nuit comme un coup de fusil. Peu à peu, la voie se libérait. Les fils coupés s'enroulaient sur eux-mêmes, balisant le début d'un chemin qui montait vers la crête.

– J'y vais, murmura Célestin.

Rampant sur les coudes, collé le plus qu'il le pouvait à la terre meurtrie, Louise se hissa de quelques mètres. Les ombres des chevaux de frise dessinaient autour de lui des figures menaçantes. Comme à chaque fois qu'il risquait de se faire tuer, les images de la paix lui revinrent, le sourire triste de sa sœur Gabrielle, le visage d'Éliane penchée sur son enfant, le baiser qu'elle lui avait laissé prendre... Juste avant de passer à découvert, il jeta un regard au petit bracelet de cuir qui, depuis le dernier Noël, ne quittait plus son poignet[1]. Machinalement, il le passa sur sa joue, un geste de réconfort plus que de superstition. Un dernier effort, il s'arc-bouta sur les bras et émergea en vue de la tranchée. Au moment même où il reconnaissait les casques allemands et leur façon particulière d'arranger les créneaux de tir, il entendit le bruit métallique des boîtes de conserve qui s'entrecho-

1. Voir *L'arme secrète de Louis Renault, op. cit.*

quent. Sa ceinture avait accroché un fil de fer relié à l'un de ces pièges rudimentaires mais très efficaces à l'usage, qui consistait à parsemer les défenses de boîtes vides. Elles prévenaient infailliblement de l'approche d'un commando ennemi, même si c'était les rats qui, le plus souvent, déclenchaient les alertes. Dans la seconde, des balles sifflèrent aux oreilles de Célestin qui eut tout juste le temps de baisser la tête.

— C'est les Boches ! Ils m'ont repéré !

Déjà, une mitrailleuse s'était mise à tirer. Célestin refit en marche arrière le chemin dans les barbelés, se dégageant à grand-peine des ronces artificielles qui lui écorchaient les mains. Comme il arrivait en bas de la petite déclivité, il vit Doussac et Béraud qui lui dégageaient la voie comme ils pouvaient, en écartant les rouleaux de fil de fer. Les trois hommes, courbés pour échapper aux balles, se précipitèrent jusqu'au premier trou d'obus où ils se laissèrent rouler. À quelques mètres sur leur droite, une rafale de mitrailleuse soulevait des petites gerbes de terre qui se rapprochaient. Au fond de leur entonnoir, les trois poilus avaient gagné un court répit.

— Ça va ? demanda le lieutenant. Vous n'êtes pas blessés ?

— Ça va.

— Moi aussi, souffla Béraud.

Une première grenade explosa au-dessus de leur abri, des éclats rebondirent jusqu'à eux.

— Ça va devenir intenable, il faut sortir d'ici.

Une petite colonne de nuages, de nouveau, tamisait la lune. Doussac se mit à gravir la paroi du petit cratère, suivi des deux autres. La mitrailleuse continuait de tirer au hasard. Les impacts paraissaient s'éloigner. Le lieutenant fit un signe et les trois fuyards se mirent à courir du plus vite qu'ils le pouvaient, pour échapper aux balles, pour échapper à la mort qui sifflait derrière eux. Parfois, accrochant un débris ou une motte de terre, ils trébuchaient et s'étalaient en jurant. Ils parcoururent ainsi une centaine de mètres et commençaient à se sentir moins exposés lorsque la gerbe d'une fusée éclairante les enveloppa : sur le *no man's land*, soudain illuminé par un jour artificiel, leurs trois silhouettes se découpaient aussi nettement que trois cibles sur un champ de tir.

– Continuez à courir ! hurla Doussac.

Célestin, hors d'haleine, la main crispée sur son Lebel, se tourna vers le petit Germain. Celui-ci avait lâché son fusil depuis longtemps, il courait presque à quatre pattes, s'agrippant des mains et des pieds aux moindres appuis, pour gagner quelques mètres, quelques secondes. Il lança à Célestin un regard de panique.

– Tiens bon ! Les nôtres ne sont pas loin.

Alors que Célestin reprenait sa course, un feu nourri se déclencha derrière eux. De nouveau les balles, comme un essaim de frelons. Alors il eut l'impression qu'on lui donnait un grand coup de masse dans le dos. Déséquilibré, il bascula en avant, le nez dans la terre blafarde. Il voulut se relever mais un voile rouge lui tomba sur les yeux, et puis tout devint noir.

Depuis deux heures déjà, Germain Béraud était tapi, sans bouger, derrière les débris d'une casemate qui avait dû servir à un nid de mitrailleuse. Probablement un avant-poste, à ce point bombardé qu'il ne subsistait plus rien ni de sa forme, ni du boyau qui devait auparavant le relier au réseau des tranchées. À plusieurs reprises, le lieutenant l'avait appelé, il n'avait pas répondu. Il était resté prostré dans la ferraille et les éclats de bois, incapable de faire un geste, de proférer un seul mot. Dans la lumière déclinante de la fusée qui retombait au sol, il avait gardé les yeux fixés sur le corps inanimé de Célestin Louise, avec cette grande tache sombre dans le dos. Et puis, quand le noir était revenu, tandis qu'éclataient encore les coups de feu doublés du tac-tac-tac écœurant de la mitrailleuse, il s'était mis à pleurer, le corps secoué de grands sanglots. Ce fut tout au fond de sa détresse, à bout de larmes, qu'il décréta que son copain n'était pas mort. Il attendit encore, le temps de vérifier que les Allemands n'avaient pas envoyé une section en reconnaissance. C'était le cœur de la nuit. La lune avait disparu, désertant le ciel tout piqué d'étoiles. Le duel d'artillerie avait repris, allumant des gerbes flamboyantes sur le Mort-Homme et de l'autre côté du vallon. Une fois de plus, la cote 304 se dessinait en points de feu sur le front des armées. Lorsque les explosions se rapprochaient, il en venait des reflets orangés, lueurs sinistres qui découvraient une seconde le champ de bataille et le corps immobile de Célestin Louise. Tout doucement, Germain quitta la maigre protection des débris de la casemate et rampa jusqu'à son compagnon. Il se souvint de leur première rencontre en bas de la butte Montmartre, quand le jeune policier l'avait agrafé en flagrant délit de vol à la tire. Il avait fait un peu de prison mais, compte tenu de son jeune âge et du fait qu'il travaillait à peu près régulièrement dans les cuisines d'une brasserie de la place Clichy, le juge n'avait pas été trop sévère. Une autre fois, il avait réussi à échapper à Célestin. Et puis ils s'étaient retrouvés sur le quai de la gare d'Orléans, en partance pour la guerre[1]. Le flic lui était devenu comme un grand frère, un guide, un protecteur. Il avait le sentiment que près de lui, sous la mitraille et sous les bombes, il ne risquait rien. Et voilà qu'il était tombé à son tour, le nez dans la terre. Sans un bruit, Germain était arrivé près de Célestin. Il lui tira sur la manche.

— Hé ! Monsieur… Célestin ! Célestin Louise !

C'était la première fois qu'il l'appelait par son prénom. Le jeune policier ne bougeait pas. Béraud lui mit la main sur le dos et la retira toute poisseuse de sang. Il le retourna. Collant son oreille à la poitrine du blessé, il crut entendre le cœur qui battait faiblement. Comment en être sûr au milieu des explosions qui s'enchaînaient à quelques centaines de mètres de là ? Avec délicatesse, il retira

1. Voir *La Cote 512, op. cit.*

la terre qui s'était collée au visage de Célestin. Puis, entre deux canonnades, il s'accroupit, prit son compagnon sur son dos et, courbé le plus qu'il le pouvait, trébuchant parfois sur les genoux ou se laissant tomber de tout son long tant pour se reposer un instant que pour éviter de se faire repérer, il s'éloigna de la tranchée ennemie. Au bout d'une demi-heure d'un trajet chaotique, harassant, les mains crispées sur les poignets de Célestin qu'il maintenait à toute force sur ses épaules, Germain Béraud vit la silhouette familière des sacs de sable se découper sur le ciel de guerre.

— Halte-là ! Qui va là ?

— Soldat Germain Béraud, 134e régiment, 22e compagnie, 3e section. Je ramène un blessé.

Deux silhouettes casquées se hissèrent hors de la tranchée. Écartant les chevaux de frise, ils tirèrent à eux le corps de Célestin et le firent basculer dans le boyau. En rampant, Germain suivit le même chemin.

— D'où que tu sors, bonhomme ? lui demanda un grand gaillard moustachu, avec l'accent du Sud-Ouest, dès qu'ils furent à l'abri. Le 134e, il est sur la droite. Mais tu peux le rejoindre en passant par le boyau des feuillées. Si tu tombes pas dedans !

En quelques phrases, Germain raconta l'expédition de la nuit, comment ils s'étaient à moitié perdus, leur fuite et la blessure de Célestin.

— T'es sûr qu'il est pas calanché, ton copain ?

— Non, il est blessé. Il faut faire venir un médecin.

— Tu rigoles ? Tu trouveras pas un major par ici. En plus, le nôtre, c'est une vraie saloperie, à moins d'être coupé en deux, il te renvoie toujours au combat. Ce qu'il faudrait, c'est que tu l'emmènes jusqu'à l'ambulance.

— Elle est où, l'ambulance ?

— Derrière la deuxième ligne, ils ont fait un chemin d'accès. Bien obligés, parce qu'ici, je peux te dire, ça dégage ! Tiens, prends, il me reste un peu de jus.

Germain but d'un trait le café sans sucre. La tranchée était plongée dans l'obscurité. Il posa son quart et se pencha sur le corps de Célestin. Il alluma son briquet, et, à la lueur tremblotante de la flamme, il observa le visage livide, les yeux fermés, les rides qui barraient les joues de son camarade. Il avait perdu beaucoup de sang.

— Qui peut m'aider à le transporter ?

— En principe, nous, on doit pas quitter notre poste. Mais je t'emmène à la cagna, y a peut-être un zigue qui peut t'arranger ça.

Ils calèrent Célestin sur le banc de tir et, tandis que la terre s'était remise à trembler sous l'intensité des pilonnages d'artillerie, se hâtèrent jusqu'à l'abri. Il avait été creusé à l'origine par les Allemands, lorsque leurs positions s'avançaient plus haut sur ce versant du vallon. C'était une grande cave en partie cimentée, avec sur tout un côté des lits superposés aux montants desquels étaient suspendues deux lampes à huile. Il y avait un poêle, éteint à cette époque de l'année, un râtelier rudimentaire pour les fusils et une table de bois autour de laquelle étaient disposés des tabourets et des caisses de munition qui servaient de sièges. Vautrés sur un des lits, deux poilus s'arsouillaient consciencieusement tandis qu'autour de la table se disputait une partie de coinchée.

— Pourquoi que tu prends sans le vingt ni le quatorze, peau de zigue ? grognait un colosse à la barbe en broussaille à l'adresse de son partenaire, un petit teigneux au teint jaune.

— J'avais l'as et le dix, tenta de se défendre le maigrichon.

— Tu te les es fait bouffer, bonhomme, et cette fois, on en est de notre poche !

Le guide de Germain se pencha à son oreille.

— C'est deux territoriaux qui sont restés pour la nuit. Ils travaillent au déblaiement d'un petit poste, ils ont bien failli se faire poivrer tout à l'heure !

Ils descendirent près des joueurs. Un d'entre eux faisait une nouvelle donne. Le grand costaud ralluma sa bouffarde et se perdit dans un grand nuage de tabac gris. Germain se lança.

— Y a mon poteau qu'a morflé. Il me faudrait un coup de main pour l'emmener jusqu'à l'ambulance.

Les quatre joueurs ne firent même pas mine de le remarquer. Ils rangeaient les cartes qu'ils venaient de recevoir, gestes rapides, machinaux et petits regards par en dessous pour tenter de surprendre chez les autres un indice de contentement ou de déception. Le gars du Sud-Ouest fit à Béraud une mimique désolée.

— Maintenant, faut que je retourne au parapet.

Il remonta les marches en rondins de la cagna et disparut.

— Il va mourir. Si on le laisse là, il va crever dans la nuit.

— S'il est si mal en point, ton copain, vaut mieux le laisser glisser. Demain matin, on le mettra à la fosse commune.

C'était le petit bilieux qui avait parlé. Cette fois, il avait du jeu et ne s'en cachait pas.

— Je prends à trèfle.

Le gros fit la grimace.

— T'inquiète pas ! le rassura son partenaire.

— Eh ! On n'est pas à la parlante !

Il y eut une explosion, tout près, un peu de terre tomba sur la table, le barbu jura.

— Saletés de Boches !

Germain les regarda tous, les quatre joueurs et les deux ivrognes sur le lit, il revit le visage exsangue de Célestin et la colère lui monta au cœur, une rage irraisonnée qui le faisait trembler. Il s'abattit sur la table et fit voler les cartes.

— Vous avez pas le droit ! Vous pouvez pas le laisser comme ça ! Je l'ai traîné jusqu'ici, maintenant, faut le soigner !

— C'est toi qu'il faut soigner, bonhomme ! gueula le gros.

Le petit était à quatre pattes par terre, cherchant à recomposer son jeu de chance. Il répétait d'une voix aiguë :

— J'avais le cinquante beloté ! J'avais le cinquante beloté !

Un des autres poilus s'était levé et repoussait Germain vers l'escalier. Sur le lit, les deux poivrots rigolaient. Germain résista.

— Aidez-moi, nom de Dieu ! C'est juste amener un gars jusqu'à l'ambulance, ça va pas vous arracher la gueule !

— Et qu'est-ce que t'en sais, peau d'hareng ? Tu nous esquintes, à la fin ! Allez, tire-toi !

— Non, non, je m'en irai pas ! Je vous laisserai pas jouer aux cartes pendant que mon copain à côté est en train de clamser ! Et moi, je sais qu'on peut le guérir, et qu'il va s'en sortir !

— Et comment que t'en es si sûr, face de poupard ?

— Parce que c'est mon pote et qu'il peut pas mourir.

Germain avait balancé ça d'un coup, comme ça lui était venu, mais les autres en restèrent cueillis. Le rire des ivrognes s'arrêta net. Même la pipe du barbu s'était éteinte. Il repoussa son tabouret et se leva, allongeant sur le sol gris son ombre énorme. Il rangea soigneusement sa pipe dans sa poche et regarda Germain droit dans les yeux.

— D'où que tu viens, toi ?

— 134ᵉ. On était partis en reconnaissance, on est tombés sur les Boches.

— Et comment que tu t'appelles ?

— Béraud. Germain Béraud. Je suis de Paris.

— Un Parigot… Et ton copain aussi ?

Germain acquiesça.

— Moi, je m'appelle Abel, Abel Mata, j'ai pas de surnom et je suis de nulle part. Je vais t'aider à l'emmener, ton moribond.

— Merci, je…

— Non, tais-toi : de toute façon, tu nous aurais emmerdés jusqu'à ce qu'on y aille, ou qu'on te casse la gueule. Allez…

Du menton, il indiqua la sortie. Avant de gravir les quelques marches de bois, il s'empara d'un brancard appuyé contre le mur.

Le corps de Célestin n'avait pas bougé. Le soldat moustachu avait pris soin de l'enrouler dans une couverture. Abel se pencha sur le blessé puis se tourna vers Germain.

— Alors, il va s'en sortir ?

— Oui.

— T'as la foi, bonhomme.

Il hocha la tête, déplia le brancard au fond de la tranchée et attrapa Célestin par les épaules. Béraud prit les pieds et, presque avec douceur, les deux hommes déposèrent Louise sur la toile qu'assombrissaient déjà de larges taches de sang. Les artilleurs s'étaient calmés, seul un obus tombait de temps en temps, au hasard, le plus souvent entre les lignes. Mais au-dessus du *no man's land* les fusées éclairantes se succédaient désormais, jetant leur lumière mate sur la désolation du champ de bataille et prévenant toute tentative de commando ou de patrouille de nuit.

— Un, deux, trois…

Ensemble, les deux soldats soulevèrent le brancard. Mata marchait devant, masse sombre qui empêchait Béraud de distinguer quoi que ce fût. Parfois, le barbu le prévenait d'un mot bref qu'ils allaient tourner brusquement, ou que le fond du boyau devenait instable, ou que la tranchée, démolie par un marmitage sur une certaine longueur, ne les protégeait plus. Alors ils accéléraient l'allure et se courbaient. Une fois, des balles sifflèrent à leurs oreilles.

— Saletés de Boches ! répéta Abel.

Quand ils furent assez loin de la première ligne, ils firent une halte. Mata ralluma sa pipe, Béraud, en sueur, prit une grande lampée d'eau fraîche à son bidon de fer.

— Pourquoi tu te bats pas ? Pourquoi tu restes à la territoriale ? demanda le petit Germain.

— Parce que je sais ce que c'est que de tuer un bonhomme. Ça m'a valu cinq ans de prison, y a pas de raison que maintenant, ça me vaille une médaille.

— T'as fait du trou ?

— Et encore, circonstances atténuantes, drame passionnel. Un jour où je suis rentré chez moi, ma femme était en train de se faire mettre par mon voisin. Alors je l'ai gercé.

— Ta femme ?

— Oh non, pas elle : j'ai jamais brutalisé une gonzesse. C'est à l'autre que j'ai fait son affaire. Elle, elle a pris ses cliques et ses claques et je l'ai jamais revue. Mais tu me feras pas toucher à un flingot. Allez, en route !

Germain se pencha sur Célestin. Par acquit de conscience, il lui humecta la bouche. Puis les deux hommes se remirent en route, portant le blessé. Comme ils sortaient de la tranchée par un petit escalier d'accès, Célestin se mit à geindre.

— C'est ton copain qui chiale comme ça ?

Germain était trop bouleversé pour répondre. Il fit un effort pour conserver le brancard à l'horizontale en grimpant les degrés taillés dans la terre. Une fois à découvert, ils parvinrent en vue d'une grande forme rectangulaire éclairée de l'intérieur par des halos mouvants : c'était la tente sanitaire qui servait d'hôpital de campagne. À l'intérieur, un va-et-vient de médecins et d'infirmières, les traits tirés, les yeux cernés, se parlant à peine, échangeant seulement les phrases indispensables : l'état des blessés, ceux qui allaient mourir, ceux qu'on pouvait transporter, ceux qu'il fallait opérer d'urgence, ceux qu'il fallait amputer, le chloroforme, les bandes Velpeau, les antiseptiques… Deux autres brancardiers installaient des blessés dans un camion à croix rouge. Un jeune major, harassé, col ouvert sous la blouse, fumait une cigarette à quelques pas de l'entrée, le regard perdu dans les étoiles. Il baissa les yeux vers Abel et Germain.

— Parfois, je me dis que ça ne s'arrêtera jamais, et qu'on finira par oublier qu'il y avait une autre vie, avant.

Il se pencha sur Célestin, plaça ses deux doigts sur son cou.

— Le pouls est faible. Qu'est-ce qu'il a ?

— Une balle dans le dos.

— Je vais l'opérer. Suivez-moi.

Il jeta sa cigarette et pénétra dans la tente. Béraud et Mata le suivirent. Derrière eux, l'ambulance, remplie, démarra. Ils passèrent au milieu de deux rangées de civières sur lesquelles des soldats éclopés, mutilés, blessés, reposaient les yeux fermés ou hurlaient leur douleur. Certains perdaient encore leur sang, d'autres murmuraient des noms aimés. Au bout, séparées par une cloison de toile, deux salles d'opération. Dans l'une, un chirurgien terminait de suturer un moignon de bras. Le jeune major fit déposer Célestin dans l'autre, sur une table qu'une infirmière finissait tout juste de nettoyer de la précédente opération. Mata replia le brancard, Germain restait là, les bras ballants, à regarder le visage émacié de Célestin Louise. Déjà, l'infirmière commençait à lui ôter sa capote et sa veste ensanglantée.

— Quel régiment ? demanda le jeune médecin.

— Le 134ᵉ. Il s'appelle Célestin Louise.

— Bien. Si vous croyez en Dieu, vous n'avez plus qu'à prier pour lui. Sinon, souhaitez-lui bonne chance.

Germain hésita un instant puis avança la main et prit celle, inanimée, de Célestin. Il la serra quelques secondes, salua le major et ressortit à la suite d'Abel.

Il y avait ce ronronnement sourd qui le berçait, et cette forte odeur de désinfectant. Un cahot plus fort le sortit de sa torpeur. Une douleur lui traversa le dos, lui arrachant un cri. Il ouvrit les yeux. Une vague lueur rouge filtrait à travers une petite fente du plancher. Il était allongé sur une civière fixée à des montants de fer. Une civière identique était installée juste au-dessus de lui. Il tourna la tête :

en face de lui, il devina trois autres couchettes aménagées de la même façon, supportant des blessés. Il se demanda ce qu'il faisait dans cette pénombre lugubre. Une angoisse le saisit un court instant d'avoir été enterré vivant, et puis tout lui revint à l'esprit : la patrouille de nuit, les cisailles, la cadence infernale de la mitrailleuse allemande et puis le coup de marteau qui lui broyait le dos, et puis plus rien jusqu'à ce réveil dans la nuit. Au grincement des freins, il comprit qu'il était dans une ambulance. Ainsi, il s'en était tiré, mais dans quel état ? Il se sentait trop faible pour bouger, son torse et son bras gauche étaient pris dans un énorme bandage, son bras droit s'était crispé sur le montant de la civière. Il ouvrit la main et dégourdit ses doigts.

— Hé ! T'es réveillé ?

La voix venait d'en face. Sur la couchette supérieure, la tache blafarde d'un visage s'était avancée jusqu'au bord du brancard.

— J'suis du 114e, et toi ?

— Célestin Louise, 134e. Où est-ce qu'on nous emmène ?

— À la gare de régulation, à Châlons.

— Et après ?

— Ils vont nous répartir dans les hôpitaux. Les plus veinards iront à Paris. Où est-ce que t'as morflé ?

— Dans le dos. Mais je ne peux pas t'en dire plus.

— Moi, c'est le genou. Le major a été épatant, il m'a sauvé ma jambe. Maintenant, te dire que je vais courir comme un lapin… Peut-être bien qu'ils vont me réformer.

Ils avaient parlé à voix basse, comme dans un dortoir de caserne. Un étourdissement fit fermer les yeux à Célestin. L'autre continuait à lui parler, il entendait sans les comprendre des phrases qui s'enchaînaient. Incapable de répondre, il se laissa gagner par l'engourdissement et replongea dans le sommeil.

— T'étais sur la cote 304, toi aussi ?… Hein ?… Tu m'entends ?… Merde, v'là qu'il a tourné de l'œil !

CHAPITRE 3

Le château

Le convoi sanitaire s'arrêta dans un grand soupir de vapeur. C'était un hôpital roulant rempli de soldats blessés au milieu desquels passaient quelques infirmières pressées et un vieux médecin fatigué. Célestin avait beaucoup rêvé, des rêves bizarres qui le ramenaient aux rues de son enfance, à Ivry-sur-Seine, sa mère l'appelant sur le pas de la porte, vêtue de son éternel sarrau noir, les mains noueuses de son père, employé d'imprimerie, qui lui avait enseigné le respect des livres et du travail bien fait. Parfois, entre deux périodes d'un sommeil haché, le jeune policier ouvrait les yeux. Les blessés avaient été installés à la file, à même leurs brancards, le long des parois du wagon. Il y avait juste la place, au centre, pour laisser passer le personnel médical. Par la fenêtre en face de lui, Célestin pouvait distinguer les nuages effilochés d'un ciel de traîne et les rayons d'un soleil blanc que les cimes des arbres faisaient vibrer. Son dos, maintenant, le faisait souffrir. Il devinait l'emplacement de sa blessure, à gauche, à l'arrière de l'épaule. On lui avait refait son pansement peu avant le départ, il avait bafouillé une question sur son état, l'infirmière avait été rassurante, tout allait se remettre en place, il avait eu de la chance. Des cris résonnèrent sur le quai, un coup de sifflet, un moteur qui s'emballait. Une voix annonça que les blessés de la voiture huit allaient être débarqués du convoi. C'était le wagon de Célestin. Les infirmiers commencèrent à emmener les brancards. Deux jeunes paysans malingres vinrent leur donner un coup de main, c'était deux types timides et maladroits qui s'empêtraient dans leurs manœuvres. Ils soulevèrent la civière sur laquelle reposait Célestin, qui se mit à tanguer.

– Hé ! Doucement, les gars !

Il avait voulu crier, mais seul un murmure était sorti de sa bouche. Les deux dégingandés ne s'y prirent pas si mal pour sortir le brancard du train, et Célestin, toujours allongé, se retrouva en plein soleil sur le quai d'une gare minuscule. Il pouvait lire au fronton de la toute petite maison qui marquait la halte facultative, en lettres rouges sur fond blanc : AMBERVILLE. Il cligna des yeux et huma l'air qui sentait l'herbe, le foin, les fleurs. Une religieuse énergique et ronde, portant des lunettes à verres épais et des cheveux gris coupés en frange, surveillait le transbordement des soldats blessés dans un camion militaire débâché. On les installa à l'arrière, serrés les uns contre les autres. Célestin se retrouva près de Félix Galade, un paysan du Sud-Ouest qui parlait avec un accent rocailleux et ne semblait pas mécontent d'être là. Il demanda à Célestin ce qu'il avait, l'écouta à peine et se lança dans la description de ses phlébites à répétition.

— C'est le filon ! Et puis ma veine, c'est le cas de le dire, c'est que les médecins sont pas d'accord entre eux, il y en a qui disent que c'est de naissance, d'autres que c'est à cause du froid dans la tranchée, d'autres que c'est une faiblesse du rein… Va-t'en savoir ! En attendant, les traitements changent, je suis toujours aussi malade et il n'est pas question que je retourne au front. C'est le filon, je te dis !

Ainsi étaient-ils allongés sous le ciel bleu, éclopés, blessés, malades, acceptant ce nouveau transfert comme, jusque-là, ils avaient tout accepté. Le camion démarra.

— Où c'est qu'on va ? demanda une voix rude.

— Tu verras bien quand on sera arrivés, peau de zigue !

Ils remontèrent l'unique rue d'un modeste village. Par les fenêtres des étages, des gens les regardaient passer. Ils constituèrent un court instant une attraction morbide qui dérangeait le cours de l'après-midi et rapportait aux gens du pays des images de guerre qui n'étaient pas celles de journaux, ni les anecdotes souvent édulcorées des lettres des fils. Puis ce fut la campagne. La route serpentait à travers champs, d'abord dégagée, puis bientôt bordée d'arbres en fleurs qui s'inclinaient sur le véhicule militaire. Une grosse mouche noire vrombit un instant aux oreilles de Célestin.

— Il fait soif ! gueula quelqu'un.

Célestin regardait un petit nuage blanc tout

rond qui s'en allait loin du soleil, gonflé comme une meringue, on eût dit une tête de bonhomme. Lui aussi se sentait gagné par une profonde lassitude, une résignation à se laisser trimballer d'un hôpital à l'autre, d'un front à l'autre, d'une ligne à l'autre. Que leur réservait donc ce nouveau séjour à l'arrière, sur lequel on ne leur avait donné aucune explication, aucune information ?

Le camion ralentit et arrondit une large courbe pour franchir les grilles d'un parc. Il y eut d'abord une allée bordée de marronniers majestueux dont la brise agitait doucement les feuilles, puis ils débouchèrent sur une vaste esplanade de gravier que bordaient des pelouses entretenues avec soin. Le camion stoppa. Dès qu'on abaissa les panneaux à claire-voie qui protégeaient le plateau arrière, Célestin aperçut le château. D'où il était, il ne vit tout d'abord que les clochetons des tourelles, puis l'arête du toit d'ardoises noires. Enfin, lorsque les deux brancardiers l'emmenèrent à son tour, il découvrit toute la façade avec la grosse tour sud devant laquelle s'étalait un perron qui menait à une double porte vitrée. En bas du perron, un homme d'une soixantaine d'années, en habit noir, portant une cravate grise piquée d'une perle bleue, saluait chaque soldat qui passait devant lui sur sa civière.

– Bienvenue, mon ami… Bienvenue, mon brave… Vous allez voir, ici, vous guérirez vite.

Il parlait d'une voix douce mais, si son visage demeurait affable, ses yeux ne souriaient pas. Il émanait de lui une tranquille mélancolie et beaucoup d'humanité. À plusieurs reprises, il se présenta.

— Je suis le comte Alexandre d'Amberville, ce château m'appartient et je suis heureux de vous y accueillir… Bonjour, mon garçon, et bienvenue…

À son tour, Célestin passa devant lui. Le comte lui sourit, le jeune policier essaya de le saluer, n'y parvint pas et se contenta de fermer les yeux. Les deux brancardiers lui firent franchir le perron, il se retrouva dans la pénombre fraîche d'une antichambre envahie par une forte odeur d'éther et d'antiseptique, une odeur d'hôpital. Ils passèrent une porte à peine assez large pour le brancard, qui donnait sur un grand salon transformé en dortoir. Une double rangée de très hautes fenêtres l'éclairait sur ses deux plus grands côtés. L'un donnait sur l'esplanade par laquelle ils étaient arrivés et d'où partait l'allée des marronniers, l'autre sur un jardin à la française qui se prolongeait par un potager équipé d'un puits et d'une pompe à bras. Sous les fenêtres, de chaque côté, des lits avaient été installés, séparés les uns des autres par des draps tendus sur des tringles de fer. On installa Célestin sur le troisième lit à gauche, on tira les rideaux, il ne pouvait plus voir que droit devant lui l'allée centrale et, plus loin, l'alcôve qui lui faisait face. Quelques minutes plus tard, elle fut occupée par Joseph Le Meur, un grand type glabre, longiligne, à la respiration sifflante et aux grands yeux bleus délavés. Il parlait peu. Il avait été gazé près d'Arras, s'en était sorti de justesse et traînait depuis, d'hôpital en ambulance et de dépôt en maison de cure, une convalescence qui ne se décidait pas à devenir une agonie. Les brancardiers continuaient leurs allées et venues, et bientôt, aux quintes de toux, aux murmures, aux râles, aux gémissements, Célestin sut que la salle était remplie. Le comte d'Amberville passa, accompagné de la religieuse qui avait accueilli les blessés à la gare. Ils s'immobilisèrent à l'entrée de la salle. D'où il était, Célestin ne pouvait pas les voir.

— Vous voilà tous installés, commença le comte. Cette pièce était autrefois le grand salon, et vous pouvez encore lire sur les poutres l'initiale de notre famille, le « A » d'Amberville. J'ai perdu ma femme il y a vingt ans et je vis seul ici en compagnie de ma fille Laure. Nous avons décidé au début de cette année de consacrer le château à l'hospitalisation des blessés de longue durée, et l'état-major nous a fait l'honneur d'accepter cette modeste participation à l'effort de guerre de la France. C'est la sœur Henriette, qui est à côté de moi et que vous avez vue en arrivant à la gare, qui dirige l'équipe soignante, sous le regard vigilant du docteur Dorique, qui est aussi le médecin du village. Bien entendu, un médecin-major sera dépêché régulièrement pour juger des progrès de votre guérison.

Une toux déchirante salua la dernière phrase : replié en chien de fusil sur le lit qui semblait trop petit pour son corps immense, Le Meur avait croisé ses longs bras autour de ses côtes et tâchait de maîtriser les quintes qui le secouaient et le laissèrent épuisé, les yeux étincelants de fièvre fixés au plafond. La sœur Henriette vint à son secours, elle lui posa une main sur le front, le redressa contre l'oreiller et lui fit ingurgiter une gorgée de sirop. Puis elle le laissa et disparut du champ de vision de Célestin. Le soleil d'après midi vint jouer par les grandes fenêtres dans les toiles blanches qui séparaient les lits, y dessinant des formes géométriques plus claires. Le silence se fit, parfois traversé par le bourdonnement d'un insecte. Engourdi par la douceur de l'oreiller, la fraîcheur des draps et ce calme qu'il n'avait pas connu depuis des mois, Célestin se laissa sombrer dans un sommeil réparateur.

Une présence attentive réveilla le jeune homme. C'était déjà la fin du jour. La pièce tout entière baignait dans une lueur orangée qui créait autour de l'enfilade des petites alcôves une ambiance irréelle, on eût dit un camp de toile au milieu d'un désert, ou les loges d'un théâtre de foire. Une femme d'une vingtaine d'années préparait une bande et de la pommade antiseptique. Elle vit que Célestin avait ouvert les yeux et sourit.

– Bonsoir. Je m'appelle Léontine Monard, on m'a mise infirmière ici.

Léontine Monard avait les joues rouges, des cheveux châtains qu'elle cachait sous son bonnet blanc, mais dont les boucles dépassaient de partout, un corps massif et sans grâce, des bras musclés et de grands pieds. Mais ses yeux laissaient paraître tant de compassion, et ses mains étaient si douces qu'on oubliait vite son aspect rude de paysanne, et qu'on l'aimait comme une sœur. Elle fit asseoir Célestin et lui ôta son pansement.

— Qu'est-ce qu'on vous a dit, pour votre blessure ?

— Que j'ai eu de la chance de m'en sortir. Il paraît que la balle a été ralentie par le cuir de la cartouchière.

Léontine trempa un chiffon propre dans une bassine d'une eau tiède et verdâtre.

— Je n'ai rien trouvé de mieux que l'eau de Javel pour désinfecter, n'ayez pas peur, ça ne pique pas.

Elle essora le chiffon et l'approcha du dos de Célestin.

— Je sais bien qu'il faut défendre le pays, mais quand je vous vois tous arriver ici, éclopés, transpercés de partout, je peux pas m'empêcher de penser à des jeux de garnements qui auraient mal tourné.

Elle se mit à nettoyer avec précaution la blessure violacée qui mangeait toute une partie du dos de Célestin.

— Dans le fond, tout ça me rend bien triste. J'ai mes deux frères qui sont partis se battre, et je voudrais pas qu'il leur arrive malheur.

— Ils sont où ?

— Il y en un du côté de Verdun, et l'autre vers Soissons. Au début, on s'écrivait toutes les semaines, mais le temps passant ils répondent de moins en moins. Tout juste s'ils remercient pour les colis.

— Ils savent que vous vous occupez des blessés ?

— Bien sûr. Mais l'aîné, Alphonse, aurait préféré que je reste à la ferme pour aider les parents. Et vous, vous êtes d'où ?

— De Paris.

La jeune femme appliquait maintenant soigneusement la pommade sur les chairs tuméfiées en faisant bien attention à ne pas faire mal au blessé.

— J'y suis allée une fois, pour l'Exposition universelle. J'étais petite, et ça m'a paru tellement grand !

— Parce que *c'est* grand.

Il retint un gémissement de douleur.

— Vous pensez que j'en ai pour longtemps ?

— Pourquoi ? Vous êtes pressé de repartir ?

Léontine avait soudain baissé la voix. Elle reboucha le tube de pommade et entreprit d'appliquer la bande.

— Vous seriez bien le seul, murmura-t-elle. Mais c'est pas des choses à dire ici.

— Tout le monde a envie de guérir, non ?

— Je sais même pas. Au premier étage, on a quelques officiers, même eux, pour parler de la guerre, ils sont jamais fatigués, mais pour repartir la faire ils ont toujours quelque chose qui va pas. Et le médecin-major est bien gentil avec eux, tandis qu'avec les soldats… J'en ai vu qui repartaient au front à peine capables de tenir debout !

Elle avait terminé son pansement. Elle repoussa doucement Célestin et le fit se rallonger.

— Maintenant, reposez-vous un peu. On va vous apporter à dîner.

Elle se leva et, comme elle quittait l'alcôve, se retourna.

— Vous faites quoi, vous, à Paris ?

— Inspecteur de police.

D'un coup, Léontine devint pâle, on eût dit qu'elle allait défaillir.

— Je suis flic, pas mouchard. Et puis vous avez le droit de penser ce que vous voulez de la guerre.

— Non, monsieur, pas ici. Pas ici.

Elle disparut, laissant le jeune policier perplexe. Il connaissait toute la brutalité des gendarmes à l'encontre des poilus mais il n'arrivait pas à faire le lien avec la frayeur de Léontine. Il allait se rendormir quand une petite dame revêche portant des lunettes de travers vint apporter la soupe, un bouillon de légumes clairet mais bon et, surtout, bien chaud. La cuisinière parlait par onomatopées, elle était pratiquement muette et s'exprimait par sons inarticulés. Célestin lui fit répéter plusieurs fois son prénom :

— Hé… hi… hienne ! Hé… hi… hienne !

— Ah ! Émilienne, c'est ça ?

— Hé… ha !

En voilà toujours une, se dit le jeune homme, qui n'ira pas moucharder les poilus défaitistes. À l'un des bouts de la salle, deux blessés avaient commencé un concours de pets qui faisait s'esclaffer la chambrée. Avant de retomber dans le sommeil, Célestin pensa qu'au combat ces hommes frustes montraient plus de dignité. Et, sans doute aussi, plus de cruauté.

Au bout d'une semaine, la routine des soins et des repas s'était installée. Les hommes les plus valides prenaient même la liberté d'aller fumer une cigarette aux marches du perron. Ils y croisaient parfois un officier en pyjama qui se présentait aussitôt pour obtenir un salut hâtif et maladroit. Il fallait qu'en dépit des blessures et des souffrances la discipline du front fût maintenue. Les officiers ne se parlaient qu'entre eux, se répétant souvent les mêmes anecdotes et défendant avec la dernière énergie leurs idées sur la stratégie à employer pour enfoncer définitivement les lignes boches. L'un d'entre eux, le commandant Pesnel, se montrait particulièrement méprisant à l'égard des simples soldats. Il prenait bien soin d'enfiler sa veste d'uniforme à chaque fois qu'il quittait la chambre, arborant ses galons et fusillant du regard les poilus qui ne réagissaient pas assez vite à sa venue. On se doutait qu'en d'autres circonstances il aurait pu les faire fusiller pour de bon. La présence de ces ganaches expliquait en partie le comportement de Léontine. L'insistance de la sœur Henriette à conduire les soldats valides à la messe dominicale qu'un vieil aumônier, le père Thiévault, célébrait dans la chapelle du château alourdissait encore le climat de l'hôpital, dans l'attente de la visite fatidique du médecin-major. Tous savaient bien qu'il suffisait d'une recommandation ou, au contraire, d'une remarque qui prenait en douce des allures de dénonciation, pour qu'un soldat soit prolongé dans sa convalescence ou renvoyé au front. En prévision de cette redoutable échéance, chacun se tenait à carreau et tâchait de profiter du répit que les blessures ou les maladies leur avaient procuré. Dans cette ambiance de compromis et de jérémiades, Célestin se sentait seul. Des joueurs de manille qui passaient leurs journées autour d'un billot de bois, non loin de la chapelle, l'avaient bien invité à les rejoindre, mais il n'aimait pas les cartes. Il guérissait lentement, avec parfois des périodes de rémission qui le rendaient euphorique, et d'autres où la douleur le reprenait, violente au point de le surprendre à chaque élancement. Un dimanche, les dames patronnesses de la ville voisine vinrent leur rendre visite en automobile. Elles arrivèrent en début d'après-midi, encore toutes confites dans la dévotion de la messe du matin. Le comte d'Amberville les reçut en s'excusant de l'absence de sa fille, partie pour quelque temps chez une lointaine cousine.

— Tous ces événements l'ont bouleversée, elle avait besoin d'un peu de repos. Mais elle va rentrer la semaine prochaine, et je sais qu'elle ne ménagera pas ses efforts pour soigner nos blessés.

— Certainement, certainement, dit une grosse femme au visage masculin dont le mari tenait une quincaillerie fameuse, Laure est une vraie merveille, et je vous l'envie.

— Votre fille est au moins aussi charmante, complimenta le comte en s'inclinant devant une grande asperge moustachue engoncée dans une robe d'été qui lui bâillait aux coudes.

— Philomène nous a préparé quelques chansons

pour remonter le moral de nos chers poilus. Et c'est moi-même qui l'accompagnerai au piano.

— Décidément, ma chère, vous avez tous les talents.

On désemmaillota un grand piano entreposé dans l'antichambre, à peine moins faux que la voix de la jeune Philomène, qu'on entoura de chaises et de fauteuils. Les officiers, toutes médailles dehors, prirent place au premier rang. Galade le phlébitique, la moustache conquérante, s'en vint déposer un bouquet de fleurs champêtres aux pieds du laideron dont la mère plaqua les premiers accords de *Nous n'irons plus au bois*. Les paroles de la comptine avaient été mises au goût du jour :

Nous reviendrons au bois
Pour cueillir des lauriers
Chantons les grands exploits
De nos braves guerriers
Aux plus beaux nous donnerons
La palme la plus belle
Qu'ensemble nous fleurirons
D'une fleur immortelle.

Les fleurs étaient assurément plus immortelles que la chanson, se dit Célestin. Les infirmières et les religieuses fredonnaient l'air avec un enthousiasme que les soldats ne partageaient pas. Le Meur, pris d'une quinte de toux, dut sortir. Comme par un fait exprès, il se mit à pleuvoir au moment où mère et fille attaquaient la Marseillaise. Pas un seul des militaires ne reprit le refrain, les soldats parce qu'ils n'avaient pas envie de chanter, les officiers parce que ce n'était pas à eux de le faire. Cela n'entama en rien l'enthousiasme des femmes. Religieuses, visiteuses ou aides-soignantes, elles chantaient à pleins poumons, certaines de communiquer aux blessés l'énergie de guérir et la flamme de l'héroïsme. Le comte, silencieux, laissait planer un bienveillant sourire sur la scène : il avait l'air d'être à mille lieues de là. Applaudissements, compliments, sourires confus, puis chacun eut droit à son colis, friandises et cigarettes, chapelets et missels. Enfin, ces dames s'en repartirent, repues de charité, satisfaites d'avoir croisé des braves, emportant avec elles le souvenir émoustillé des jolies moustaches du commandant.

La pluie avait cessé. Il était trop tard pour faire une partie de manille. Les hommes désœuvrés dépiautèrent leurs colis, grignotant le chocolat et glissant les chapelets au fond de leurs poches, on ne sait jamais, ça pouvait leur éviter la déveine. Seul Tennac, un anarchiste aux yeux clairs, aux cheveux déjà gris, protestait contre cette dévotion superstitieuse. Il s'était arrêté devant l'alcôve de Le Meur et le regardait, en secouant la tête, envelopper soigneusement son livre de messe dans du papier journal.

— C'est pas ça qui te protégera, mon pauvre vieux ! Si tu veux éviter de te faire tuer, y a qu'un seul moyen : l'insoumission.

— L'insoumission ? C'est le peloton d'exécution, quatre balles dans le cœur et salut la compagnie !

— Si t'es tout seul, t'as raison. Mais imagine qu'on déserte tous ensemble, tout un régiment ? Qu'on refuse d'aller se faire massacrer ? Qu'est-ce que tu crois qu'ils peuvent faire, les chefs ? Ils vont quand même pas nous crever tous !

— Va-t'en savoir ! On compte pour tellement pas grand-chose !

Là-dessus, Le Meur fut de nouveau secoué par une toux abominable et ce fut la fin de la conversation. Tennac se retourna vers Célestin, qui les observait, assis sur son lit.

— Toi, je te parle pas, t'es un roussin.

— T'es bien au courant.

— J'ai un pressentiment pour ces choses-là. Ça m'a déjà évité bien des ennuis.

— Pas de te retrouver au front, en tout cas.

— Avec tous les boniments qu'ils nous ont servis, je me suis laissé embobiner. Je pensais qu'on allait régler tout ça très vite, et sans trop de casse. J'avais même fini par croire que c'était les Boches qu'étaient dans leur tort, et que nous, on avait bien raison d'aller leur foutre la pile. Tu vois comme on peut être con ! Maintenant, moi, ils m'ont bien repéré, peut-être bien grâce à des types comme toi, et j'ai pas d'illusion, je ferai pas de vieux os ici. Dès que la fièvre sera tombée, ils vont me renvoyer dare-dare au casse-pipe !

Célestin se leva et fit face à l'anarchiste.

— Tu as raison, bonhomme, je suis flic, mais il me viendrait pas à l'idée d'aller dénoncer qui que ce soit pour ses idées. Ce qui se passe dans la tête des gens, c'est leur affaire, pas la mienne. Et puis, même si ça t'étonne, je ne suis pas loin de penser que, pour une part, tu n'as pas tort : cette foutue guerre est une belle saloperie qui permet à tout un tas d'embusqués de faire des affaires sur notre dos, pendant que les plus pauvres se font massacrer. Et je crois bien que c'est pareil des deux côtés. Mais c'est pas ça qui m'empêchera de me battre.

Tennac haussa les sourcils et se contenta d'attraper son paquet de tabac. Il tourna le dos à Célestin et quitta la salle en se roulant une cigarette. Le policier le suivit des yeux puis s'avança à son tour de quelques pas dans l'allée centrale. Le soir avait chassé les nuages, ils s'étaient repliés en désordre au-delà des arbres et une belle lumière rose éclairait la grande pièce. Célestin décida d'aller faire un tour dans le parc. Depuis le début de son séjour, les allées désertes l'attiraient. Il passait chaque jour de longs moments à la fenêtre, fasciné par la tranquillité des jardins, leur dessin harmonieux, toutes les nuances de verts qui, des buis aux pelouses, composaient une mosaïque apaisante. Il n'y venait presque personne, hormis un vieux jardinier tout courbé et, la plupart du temps, le Neptune du bassin, déité impassible et puissante, ne lançait en l'air son jet d'eau que pour le plaisir des oiseaux. Ceux-ci, l'orage passé, se dépêchaient avant la nuit d'échanger leurs trilles et leurs roucoulades que la pluie violente avait interrompus. Célestin s'avança le long d'un parterre de roses. Cela sentait l'herbe fraîche avec quelques notes sucrées de fleurs dont les pétales fragiles, emperlés d'eau, commençaient à se replier. Une pie traversa le ciel en piaillant. Le chuintement doux de la fontaine venait à peine troubler le recueillement d'avant l'ombre, la brise s'était éteinte, les haies immobiles ne frissonnaient plus et le jeune homme n'entendait que le crissement léger de ses pas sur le sable de l'allée. Célestin avait oublié, ou peut-être ne l'avait-il jamais su, qu'il pouvait exister un calme pareil, un silence qui évoquait les siècles enfuis et les temps heureux de la paix. Il se retourna pour voir l'arrière du château. Curieusement, de ce côté-là, il paraissait plus austère. Les pierres grises, moins exposées à la lumière, étaient souvent recouvertes d'une mousse verdâtre, et la longue rangée de hautes fenêtres ne parvenait pas à égayer la façade. Le contraste avec la vue qu'on avait en arrivant était saisissant. Le château, eût-on dit, ne pouvait se regarder que d'un seul côté, et l'on devait franchir le parc sans se retourner, comme dans ces vieilles légendes où les héros obtiennent la permission de traverser les enfers. Célestin avança jusqu'au bassin octogonal sur le bord duquel il s'assit. Il plongea la main dans l'eau froide et blanche comme le ciel d'où la lumière, à vue d'œil, refluait. Deux poissons rouges, curieux et gourmands, s'approchèrent puis, vite déçus par l'immobilité du soldat, disparurent sous un reflet. Au loin, la cloche d'une église sonna les heures du soir. Célestin, du bout des doigts, faisait des ronds dans l'eau. Il se forçait à bouger l'épaule pour mesurer les progrès de sa convalescence. Certains gestes lui provoquaient encore une souffrance violente, vive à crier, il s'arrêtait aussitôt de remuer le bras et, de sa main libre, frottait doucement son épaule endolorie. Il reprit sa promenade. Une petite rangée de sapins séparait le jardin proprement dit du potager, auquel on accédait en passant sous un arc de verdure qu'illuminaient les grappes mauves d'une glycine. Sur la gauche s'étalaient les rangées de légumes : choux, salades, haricots verts et petits pois, potirons, courgettes et les petites gerbes vertes des carottes. À droite, les herbes, thym, romarin, estragon, persil, sauge, et les baies. La pompe à eau se dressait au milieu d'une sorte de rond-point qui marquait le début du verger. Les cerisiers avaient déjà donné leurs fruits mais, sur les pommiers et les poiriers dressés en espaliers, la récolte promettait. En face, des pêchers dont l'écorce éclatée laissait dégouliner un suc brun et poisseux, et deux immenses pruniers aux fruits inaccessibles. La propriété était entourée d'un vieux mur de pierre que, par endroits, les intempéries avaient éboulé. Du château, ce mur était invisible. Machinalement, Célestin remit en place deux moellons fraîchement écroulés. Une allée étroite suivait le mur. Alors qu'il s'approchait d'un angle, le jeune policier aperçut une petite porte en fer, repeinte récemment, et dont les gonds avaient été huilés. Il tenta de l'ouvrir mais elle était fermée à clef. Il se pencha et regarda par le trou de la serrure. La porte donnait sur un petit chemin qui s'enfonçait dans les bois, dont il n'aurait pas cru les frondaisons si proches. Il rebroussa chemin et repassa dans le jardin. Il sentit soudain qu'on l'observait. Il regarda autour de lui. D'abord, il ne vit rien. Le parc tout entier, devenu gris, allait s'abandonner à la nuit. Déjà, l'éclat des lumières du château perçait à travers les vitres. Et puis ce fut comme si la statue du bassin se dédoublait. Une forme était assise au bord de l'eau, à l'endroit même où le jeune homme s'était reposé quelques instants plus tôt. Célestin ne savait plus que faire : fallait-il se montrer, au risque d'inquiéter ou d'indisposer ? Il n'avait rien à faire là, et sa promenade avait tout d'une indiscrétion. Fallait-il au contraire demeurer immobile dans l'ombre, au risque d'être pris pour un rôdeur ou de se voir prêter de mauvaises intentions ? Il allait se manifester quand la forme se leva et, d'un pas souple, se dirigea vers le château. C'était une jeune femme aux longs cheveux blonds qui bouclaient aux épaules. Elle portait une robe légère et un châle qu'elle serrait autour d'elle. Elle passa le coin du château, au bout de l'allée, et le jeune homme la perdit de vue. Sans qu'il sût pourquoi, il se mit à courir pour la rattraper. Il ne craignait plus de se montrer, de faire du bruit. Mais, lorsqu'il parvint à son tour sur l'esplanade, la jeune femme avait disparu.

CHAPITRE 4

Le petit caporal

Aux soins du lendemain matin, Léontine n'était pas seule. De son lit, Célestin pouvait sentir que les choses ne se passaient pas comme les jours d'avant. Il y avait des chuchotements, les échos d'une voix douce inconnue et comme une chape de respect enveloppant toute la salle. Même les bruits métalliques des ustensiles de soin semblaient comme étouffés. Le policier ne fut pas surpris de voir entrer, aux côtés de la brave infirmière, la jeune femme blonde qu'il avait aperçue la veille dans le parc. Il ne fut pas étonné non plus lorsqu'elle se présenta, de cette même voix douce qui lui était parvenue des alcôves voisines.

— Je suis Laure d'Amberville.

Elle portait la blouse blanche et le voile des infirmières, une tenue toute simple qui soulignait sa sveltesse et qui la vêtait avec une grâce sans affectation. À la lueur du jour, Célestin put détailler son visage, un ovale régulier illuminé par deux yeux d'un bleu très pur. Son nez, fin, et sa bouche bien dessinée rappelaient les traits de son père. Du voile s'échappait une mèche blonde qui venait jouer sur son front sans ride. Mais ce qui frappa d'emblée le jeune homme, ce furent ses mains, des mains fines et fortes aux longs doigts, des mains qui savaient soigner et se poser sans fausse pudeur sur les corps souffrants des soldats blessés. À ces mains, Célestin s'abandonna tandis que Léontine reparlait du concert de la veille.

– N'empêche, on dira ce qu'on voudra, elles sont bien gentilles, ces dames de la ville, de venir nous rendre leur visite. Vous ne trouvez pas, mademoiselle ?

– Chacun fait comme il peut, Léontine.

– Et je vous dis ça à vous, qui en faites déjà bien plus que votre part !

Laure d'Amberville se contenta de sourire, un sourire un peu triste qui lui donnait un air de madone. Elle avait fini de refaire le pansement de Célestin.

– Comment vous sentez-vous ?

– Plutôt mieux.

– Vous venez de Paris, n'est-ce pas ?

– C'est exact.

Intimidé, il ne trouvait rien à ajouter. Laure rangea ses flacons sur un petit chariot.

– Le parc est en principe interdit aux soldats, lui dit-elle en le regardant droit dans les yeux, avant de quitter l'alcôve, suivie par Léontine.

Laure avait prononcé cette dernière phrase d'une voix tout aussi douce que le reste, sans hausser le ton le moins du monde. Ce fut à peine si une légère ombre passa dans son regard. Célestin en resta glacé. Ainsi, non seulement, la veille au soir, la jeune femme l'avait-elle aperçu mais, en plus, malgré la pénombre, elle l'avait identifié. Elle avait parfaitement raison : le parc, tout comme le verger et le potager, était interdit d'accès aux soldats en résidence au château. Célestin s'en voulait de l'avoir dérangée, il s'en voulait plus encore de s'être fait remarquer. Léontine, qui avait oublié un tube de pommade antiseptique, réapparut, l'air réjoui.

— Elle vous a à la bonne, murmura-t-elle.

— Pourquoi vous dites ça ?

— Vous êtes le seul à qui elle ait dit deux mots. D'habitude, elle n'ouvre pas la bouche.

— Je me serais bien passé de ses reproches : il n'y a pas grand mal à aller se promener dans le parc, où il n'y a jamais personne.

— Peut-être bien, mais le règlement, c'est le règlement. Et puis, le parc, c'est un peu son domaine. C'est elle qui s'occupe des fleurs. Et des poissons rouges !

Léontine sortie, Célestin resta un long moment à penser à Laure d'Amberville dont la présence inattendue auprès des blessés devait éveiller bien des désirs, ou bien des nostalgies. Elle avait la douceur des sœurs ou des mères laissées à la maison, la beauté des fiancées à qui on tâchait d'écrire sous les bombes, et le dévouement de ces marraines de guerre qui, avec constance, comblaient leurs filleuls d'attentions. Au repas de midi, on annonça la visite du médecin-major. Les pronostics allèrent bon train : qui était bon pour repartir au front, qui avait des chances de rester en convalescence ? Galade, avec sa phlébite, n'était pas tranquille.

— Après tout, même si ça me fait souffrir, ils peuvent toujours dire que je peux tenir un fusil ! Toi, avec ton épaule, ils vont te garder bien au chaud ici !

— Paraît que c'est une vraie teigne, ce major, intervint Tennac. C'était un petit médecin de quartier qui peinait à trouver sa clientèle, et le voilà tout d'un coup bombardé major et président de la commission de réforme, autant dire qu'il a le droit de vie et de mort sur nous autres, pauvres poilus !

— T'aurais préféré un militaire de carrière ?

— Un peu, mon neveu ! L'autre, il veut être plus royaliste que le roi. On l'a déjà vu renvoyer au front des bonshommes qui tenaient à peine debout. Une teigne, je te dis !

Le major Vincent se déplaçait accompagné d'un secrétaire et d'un chauffeur. C'était un grand type rougeaud aux cheveux blonds tirant sur le roux, les yeux petits, la bouche mince que deux plis tendaient vers le bas, l'air de profondément s'ennuyer, comme si les soldats blessés qu'il devait contrôler appartenaient à une sous-catégorie qui n'était pas vraiment du ressort de la médecine. Son uniforme était impeccable et il prêtait une grande attention à ses bottes admirablement cirées. Les soldats qui étaient en état de se lever devaient l'accueillir debout à l'entrée de leur alcôve. Les autres se tenaient assis dans leur lit. Tous étaient partagés entre la peur d'être traités de simulateurs et la crainte de retourner prématurément au front. Célestin, d'où il était, remarqua qu'un jeune caporal au visage doux, Gabriel Lerait, avait été jusqu'à épingler sur sa veste de pyjama la croix de guerre qu'il avait obtenue pour sa bravoure au combat. Vincent, d'évidence, avait reçu des ordres : il fallait évacuer, libérer des lits, faire remonter au front le plus d'hommes possible. Laure et son père suivaient la visite, comme ils eussent accompagné un invité de marque à travers les salons. Le médecin avait à cœur de briller devant eux, et tout particulièrement devant la jeune femme qui, pourtant, le regardait à peine. Il entra la tête haute, jeta sur l'alignement des hommes un regard dédaigneux et s'arrêta devant la première alcôve. Il ne regardait pas les blessés, il consultait les fiches que lui tendait son secrétaire servile. Par souci d'impressionner sa petite cour, il proféra :

— Voilà un cas intéressant... Cet homme a été gazé mais, inexplicablement, n'est pas mort comme le reste de sa section.

Enfin, il daigna s'adresser au soldat qui peinait à rester debout devant lui.

— Vous crachez encore le sang ?

— Tous les jours, docteur.

— Monsieur le major.

— Tous les jours, monsieur le major.

— Mais la fièvre est tombée, je vois. Bien, bien...

Il rendit la fiche à son secrétaire et, en se dirigeant vers l'alcôve voisine, murmura :

— Sortant.

On ne discutait pas ses conclusions. Il fit ainsi le tour de la salle, distribuant les sentences en s'arrêtant à peine.

– Quinze jours… Dépôt… Gare régulatrice… Sortant…

Derrière, le secrétaire grattait fébrilement, la sœur Henriette évaluait les futures places libres et le vieux comte saluait d'un sourire encourageant les poilus qui repartaient à la guerre. Seule Laure fixait avec attention les soldats qui allaient rejoindre leurs unités, prise de pitié, peut-être, ou révoltée par la brutalité arbitraire du major Vincent. Ainsi, plus de la moitié des blessés en convalescence au château d'Amberville reçurent-ils ce jour-là leur ordre de réintégration. Le major parti, chacun de se féliciter, de s'indigner ou de se plaindre, suivant le résultat obtenu. Galade, moustache en bataille, s'estimait verni d'avoir la bonne maladie, celle qui, depuis des mois, le sauvait du front. Tennac, ainsi qu'il l'avait prévu, était inscrit sortant. Dans quelques jours, il allait retrouver les premières lignes. Il prenait la sentence avec ce dédain, ce mépris de la chose militaire qui lui tenait lieu de philosophie. Seul Gabriel, le petit caporal, semblait inconsolable. C'est que, depuis son moment d'héroïsme qui lui avait valu la croix, il était tombé amoureux, et que l'idée de mourir avant d'avoir revu sa belle lui était insupportable.

– Une balle dans le genou, on te coupe la jambe et cette fois-là plus personne ne t'empêchera de la retrouver, ton amoureuse ! se moqua Tennac.

L'autre prit la plaisanterie plutôt mal. Il tourna

le dos et s'éloigna en traînant la patte dans l'allée des marronniers. Célestin, au vu de sa blessure, avait eu le droit à quinze jours supplémentaires, c'est-à-dire jusqu'à la prochaine visite. Quand le petit groupe d'inspection était arrivé jusqu'à lui, il avait fixé Laure d'Amberville, elle avait soutenu son regard et c'est lui qui, le premier, avait détourné les yeux. La beauté glacée de la jeune femme l'impressionnait, le troublait. La nuit précédente, il avait rêvé d'elle, un rêve cru chargé d'érotisme, un rêve presque immobile dans lequel il surprenait Laure, nue, dans un immense couloir éclairé de hautes fenêtres qui étaient en même temps des portraits d'ancêtres. Puis, très lentement, elle se tournait vers lui, dévoilant un corps étrangement blanc où pointaient deux seins aux tétons très rouges. Célestin s'était réveillé tendu de désir, un désir comme une soif qui l'avait empêché de se rendormir et qui, au moment de la visite du major, le dérangeait encore. Pourtant, pendant que son cas était expédié en quelques phrases lapidaires, il releva les yeux vers Laure. Elle ne le regardait plus, elle semblait ailleurs, quelque part, peut-être, dans ce grand ciel bleu qui illuminait la fenêtre. Elle ne fit pas plus attention à lui lorsque le petit groupe s'éloigna, mais sa silhouette, qu'un contre-jour laissait deviner, était si gracieuse, que le cœur de Célestin s'emballa. Il s'en voulut. Il était là pour guérir, pas pour tomber amoureux. Alors, brusquement, la douceur d'Éliane, ses lèvres chaudes qu'un soir, un seul, elle lui avait abandonnées[1], lui manquèrent.

1. Voir *L'arme secrète de Louis Renault, op. cit.*

Les repas étaient toujours donnés dans les alcôves. Le comte d'Amberville n'avait pas suffisamment de place pour un réfectoire, et les soldats blessés retrouvaient, matin, midi et soir, les gestes des tranchées, quand ils posaient sur leurs genoux les bols de soupe ou les gamelles de rata, la cuillère dans une main, un quignon de pain dans l'autre. Seuls ceux que leur état obligeait à demeurer couchés avaient droit à un plateau qu'on posait sur le lit. Une cloche annonçait aux joueurs de manille et aux promeneurs qui s'étaient éloignés du bâtiment qu'il fallait rentrer pour le service. Il était rare que l'un d'entre eux manquât à l'appel, même s'il arrivait de temps en temps qu'un poilu, descendu jusqu'au village, eût trop bu pour être capable de rentrer seul au château. Une circulaire était d'ailleurs passée à ce propos, interdisant aux convalescents de quitter l'enceinte de la propriété sans autorisation expresse du médecin-major ou des autorités de tutelle. Aussi Émilienne la muette manifesta-t-elle avec force grognements son indignation lorsque, poussant son chariot de soupe, elle constata l'absence du caporal Lerait. Le jeune homme, jusqu'ici, ne s'était rendu coupable d'aucune faute, d'aucune entorse au règlement. Comme la plupart des éclopés, il se contentait de guérir et de se reposer. Son grade, de surcroît, l'obligeait à donner l'exemple aux deuxième classe qui l'entouraient, ce qu'il faisait avec une rigueur dénuée d'ostentation. À vrai dire, son histoire d'amour l'accaparait. Il avait beaucoup écrit, et reçu moins de lettres qu'il n'en avait envoyé. Son absence au repas du soir, venant juste après son ordre de retour au front, éveilla rapidement les soupçons. Averti par une des religieuses, le commandant Pesnel prit les choses en main. Un des joueurs de cartes avait vu, en milieu d'après-midi, Lerait s'éloigner dans l'allée de marronniers, celle qui menait à la route du village.

– Désertion, murmura Pesnel dans ses moustaches. Il n'ira pas loin.

Le château disposait d'un combiné téléphonique : on prévint la gendarmerie. Si le fuyard tentait de prendre le train, il serait appréhendé à la gare. Avec les soldats encore en état de marcher, Célestin se lança dans le parc à la recherche du caporal. Pendant que les autres se dirigeaient vers la chapelle et que le comte et sa fille arpentaient les jardins, le policier, accompagné de Galade, s'engagea dans la grande allée bordée d'arbres. Certains troncs, plus épais, auraient pu dissimuler un homme. Galade appelait :

– Hé ! Caporal ! Montrez-vous ! Il vaut mieux revenir maintenant et ne pas avoir d'histoires ! Le commandant est très remonté !

Célestin, silencieux, examinait soigneusement les talus et les fossés en contrebas. Il pensait à Lerait. Avait-il été assez fou pour déserter ? C'était absurde, il devait savoir qu'il n'avait aucune chance d'échapper à la gendarmerie, et encore moins de revoir la femme qu'il aimait. Et puis rien, dans son attitude, n'avait laissé prévoir une telle réaction. Au contraire, après un moment de désespoir, il s'était résigné. Il avait même évoqué la possibilité de trouver un poste d'aide de camp au sein d'un état-major, ce qui l'aurait mis à l'abri et fait gagner deux ou trois mois de préparation militaire. Non, décidément, Célestin n'arrivait pas à imaginer ce jeune homme en fuite, passager clandestin d'un convoi de ravitaillement ou chemineau se glissant chaque nuit de ferme en ferme… L'allée, à mi-chemin de la route, faisait une courbe. Dans le creux de cette courbe, une mare avait été creusée, qui servait de réserve d'eau. Sa surface reflétait les derniers rayons mauves du soleil couchant. Le cadavre du caporal Gabriel Lerait y flottait sur le dos, auréolé d'une nuée de petits moustiques. Célestin resta un moment immobile à le regarder. Surpris de ne plus l'entendre, Galade avait cessé ses appels pour le rejoindre. Il poussa un long sifflement.

— Bou Diou ! Il s'est noyé !

— Je ne suis pas sûr… regarde bien…

L'autre plissa les yeux, son visage se décomposa.

— Il est blessé…

— Viens, aide-moi !

Cassant la longue branche d'un saule qui venait caresser l'eau, les deux hommes l'utilisèrent comme une perche pour accrocher le corps et le ramener à eux. Ils le saisirent, tout dégoulinant d'eau, et l'allongèrent dans l'herbe. Une large tache de sang s'étalait sur la poitrine du caporal. Célestin déchira la chemise et mit au jour la blessure nette d'une balle à la hauteur du cœur.

— Tué par balle ! Si je m'attendais à voir ça ici ! s'exclama Galade, bouleversé. Pauvre petit gars ! Il a pas supporté l'idée de repartir là-bas.

— Va chercher de l'aide, il faut le ramener au château, on ne peut pas le laisser là.

Galade hocha la tête et partit en courant, soulagé que Célestin eût pris les choses en main. Celui-ci restait perplexe. Immédiatement, ses réflexes de policier avaient joué, et les questions arrivaient dans l'ordre immuable : heure du décès, causes probables, implication d'un tiers, arme utilisée... La mort était toute fraîche, il s'était passé moins de trois heures entre la dernière fois où l'on avait vu Lerait vivant et la cloche du dîner. S'était-il suicidé ? Tout portait à le croire. Il semblait pourtant décidé à contourner la décision du major, à trouver une solution pour vaincre les obstacles qui le séparaient de sa belle. Il était amoureux. Un homme amoureux se suicide parfois, par exaltation, lorsque son amour n'est pas payé de retour, rarement au vu des épreuves à passer pour rejoindre la femme qu'il aime. Mais si c'était effectivement un suicide, cela simplifiait l'enquête. Restait à retrouver l'arme dont Lerait s'était servie. Célestin fouilla l'herbe sans grand espoir. La nuit tombante rendait les recherches trop hasardeuses. Un bruit de courses précipitées l'avertit que les autres arrivaient. Il y eut des exclamations, des cris de surprise, d'incrédulité et de tristesse, et puis on ramena le corps sur une civière que Tennac avait apportée. On le mit dans la chapelle. Prévenu, le médecin-major passerait le lendemain pour faire un rapport et donner le permis d'inhumer. Restait le mystère de l'arme utilisée. Les soldats hospitalisés n'en avaient pas, le comte ne disposait que de fusils de chasse soigneusement enfermés dans un meuble, et qu'on n'avait pas touchés. Célestin, malgré son bras en écharpe et la douleur qui, régulièrement, venait lui tarauder le dos, avait naturellement pris la direction de l'enquête. Tennac, sourire en coin, le regardait faire. Le policier rentrait dans l'antichambre lorsque le commandant Pesnel, très pâle, vint à sa rencontre.

— Il s'est servi de mon revolver.

— Vous en êtes sûr ?

— Mon arme de service a disparu. Je l'avais rangée dans son étui et entreposée dans le tiroir du petit bureau dont je dispose.

— Vous permettez que j'aille y jeter un coup d'œil ?

— Si vous voulez. J'ai appris que vous étiez inspecteur à la préfecture de police de Paris. Vous avez l'habitude de ce genre de situations, je suppose…

— L'habitude… On ne s'habitue jamais… Mais j'ai déjà eu des suicides, oui.

Et, tout en montant le vieil escalier qui menait au premier étage, Célestin revit le corps de cette pauvresse accrochée au bout d'un linge avec lequel elle s'était pendue après avoir étouffé sa petite fille qu'elle n'arrivait plus à nourrir. Ça avait été une de ses premières enquêtes et ce jour-là, en quittant le galetas misérable, il se rappelait avoir pleuré.

— C'est ici…

Le commandant avait ouvert la porte d'une vaste chambre avec, à chacun des coins, un lit et un bureau. Un grand portrait d'ancêtre était suspendu au-dessus de la cheminée, ainsi que, près des lits, des miniatures libertines. Réservée aux officiers, elle n'était occupée à ce moment-là que par Pesnel et André Lebec, un premier maître d'une quarantaine d'années, blessé au cou, rescapé miraculeux du torpillage de son croiseur cuirassé par un sous-marin allemand et tout juste rapatrié du front d'Orient. Lebec était un homme silencieux qui passait le plus clair de son temps à fumer la pipe, accoudé à la fenêtre ouverte sur le parc. Il accueillit Célestin d'un petit mouvement de tête et reprit son observation. Pesnel montra au policier le bureau, ouvrit le tiroir dans lequel il rangeait son arme et prit l'étui de cuir.

— Vide, vous voyez.

— Vous ne fermiez pas ce tiroir à clef ?

— Pour quoi faire ? En principe, personne n'entre ici en notre absence. Et je vois mal les filles de salle prendre un revolver. Elles ne sauraient même pas s'en servir !

Célestin garda pour lui ses opinions sur les femmes modernes, celles qui, poussées par la guerre, avaient pris des responsabilités dans la vie civile et qui, pour beaucoup d'entre elles, auraient parfaitement su se servir d'une arme. Un court instant, il revit Joséphine, la belle anarchiste, elle non plus n'aurait pas hésité à faire le coup de feu pour défendre ses compagnons d'aventures[1]. Lebec vida la cendre de sa pipe par la fenêtre et se tourna vers eux.

— Le vol a forcément eu lieu pendant le déjeuner.

— Oui, bien entendu, j'ai abouti immédiatement à la même conclusion, se hâta de dire Pesnel, déçu que le premier maître eût parlé avant lui.

Lebec haussa les épaules, rangea sa pipe et alla s'allonger : il n'avait pas envie de perdre son énergie dans des batailles de préséance. Particulièrement avec un officier de l'armée de terre.

— Vous ne déjeunez pas ici ? demanda Célestin.

— Ce midi, nous étions invités à la table du comte d'Amberville, en compagnie de sa fille, du médecin-major et de son secrétaire.

— À quelle heure précisément ?

— Une heure pile.

— C'est-à-dire après le repas des soldats. Le caporal Lerait, donc, a pu pénétrer dans cette chambre et dérober votre revolver sans difficulté.

— J'étais à mille lieues, je vous l'avoue, de penser devoir mettre mon arme en sécurité. Pauvre garçon ! Quel désespoir ! Mais aussi, quelle lâcheté !

Célestin ne releva pas. Il n'y avait rien de plus à tirer de l'endroit : Lerait était entré tout simplement par la porte, avait ouvert le tiroir, pris l'arme dans son étui et s'en était reparti par le même chemin.

1. Voir *L'arme secrète de Louis Renault, op. cit.*

Tout cela n'avait pris que quelques secondes, et dans les va-et-vient du déjeuner nul ne l'avait remarqué. Il s'était ensuite écarté des autres, avait remonté la grande allée pour gagner la mare, et là... Tout semblait simple, clair, transparent, et pourtant Célestin n'était pas satisfait. L'affolement du petit caporal, sa détermination à gagner du temps par tous les moyens pour revoir la femme qu'il aimait, tout cela ne collait pas avec l'idée de suicide. Mais peut-être portait-il une autre blessure, plus profonde, une de ces plaies secrètes que la guerre creuse au cœur des hommes et qui, plus jamais, ne les laisse en repos. Célestin redescendit dans l'antichambre et, de là, gagna le perron. Au-dessus des arbres noirs, un croissant de lune, blanc comme un ongle, démarrait sa course. Assis sur une marche, Tennac se roulait une cigarette. Il jeta un coup d'œil sur Célestin et son bras en écharpe.

— Tu la veux ?

— C'est pas de refus.

Il tendit la cigarette que Célestin prit de la main droite. Tennac la lui alluma avec son briquet.

— Alors, inspecteur, vous allez coincer le coupable ? ironisa-t-il.

— Quel coupable ?

Tennac alluma sa propre cigarette et recracha la fumée vers le ciel.

— Ce gars-là était trop amoureux pour se foutre en l'air.

— Vous le connaissiez bien ?

— Il était au courant de mes idées sur la guerre,

et, comme lui n'avait pas très envie d'y retourner, il me faisait des fois ses confidences.

– Il était amoureux, soit, mais était-il payé de retour ?

– D'après lui, oui. Cela dit, c'était peut-être juste une idée à laquelle il se raccrochait. J'ai vu des choses bien plus bizarres depuis le début du grand massacre.

Décidément, Tennac ne manquait ni de sens de l'observation, ni d'une bonne faculté de jugement. Comme s'il avait deviné les pensées de l'inspecteur, il ajouta :

– Et puis j'ai lu des livres, c'est normal, dans mon métier. Je suis typographe. C'est même souvent moi qui corrige les premières épreuves.

– Le caporal Lerait recevait-il du courrier ?

– Bien sûr, sa belle lui écrivait de temps en temps. Mais vous savez, les gens de l'arrière, ils ont tellement de choses à faire…

– On doit pouvoir retrouver toutes ces lettres dans ses affaires ?

– Certainement. Mais dépêchez-vous d'aller vérifier, parce que quand quelqu'un disparaît, ici, on ne traîne pas pour faire de la place. Et il paraît qu'on va avoir un nouvel arrivage, des gars de la coloniale.

Célestin écrasa sa cigarette, salua Tennac et se glissa dans la salle. Elle n'était plus éclairée que par deux veilleuses. La plupart des rideaux des alcôves étaient déjà fermés, un blessé ronflait comme un sonneur, Le Meur toussait. Sur un des lits, trois joueurs de cartes avaient rejoint leur quatrième et tentaient à la lueur d'une lampe tempête de se passionner pour une partie de belote. La cellule de Lerait était ouverte, son lit avait été défait, le couvre-lit avait été soigneusement plié sur le matelas gris. Ses effets personnels avaient été rangés dans une caisse posée contre la paroi de bois : quelques sous-vêtements, des chaussettes de laine tricotée, une chemise, un missel, quelques boîtes en fer contenant des babioles et, serrées par un ruban dont le rouge avait passé, une demi-douzaine de lettres. Célestin les prit, s'assit sur le lit et, de sa main valide, dénoua le ruban. Dans la faible lumière des veilleuses, il pouvait à peine distinguer l'adresse, écrite en caractères élégants. Sur le coin supérieur gauche, une petite fleur était dessinée. Un frôlement près de lui le fit sursauter : c'était Tennac.

— Excusez-moi, je ne voulais pas vous faire peur… J'ai pensé que ça pourrait vous être utile.

Il posa sur la table de chevet une bouteille dans laquelle une bougie était fichée.

— Je vous l'allume ?

— S'il vous plaît. Et moi qui pensais que vous n'aimiez pas les flics !

— Vous pensez bien. Mais si quelqu'un a été assez dégueulasse pour s'en prendre à ce pauvre bonhomme, autant qu'on le sache.

— Le retrouver et le punir ?

— Non : juste voir la gueule qu'il a.

La bougie jetait dans l'alcôve sa lumière tremblotante. Tennac s'éclipsa. Célestin prit la première enveloppe, en sortit une lettre parfumée et se mit à lire. Elle datait du mois précédent.

Mon aimé,

Il n'est pas une heure, une minute, où je ne pense à toi. Cette guerre folle et qui n'en finit pas est bien la pire des catastrophes qui pouvait nous arriver. Je t'avoue que les termes de défaite et de victoire me sont devenus indifférents, maintenant la seule chose qui compte vraiment pour moi, c'est le moment où je vais te revoir, où je vais me blottir dans tes bras et tout oublier du reste du monde en te couvrant de baisers. Je t'ai tricoté des gants, des chaussettes et un gilet, j'ai l'espoir qu'ils te protégeront jusqu'au moment béni où tu reviendras vers moi.

Je t'embrasse de tout mon amour. Anne

Célestin replia pensivement la lettre et la remit dans le paquet. Il n'avait pas besoin de lire les autres, il savait désormais que Gabriel Lerait était un homme aimé et que, s'il s'était suicidé, ce n'était pas par désespoir. Le policier se demanda si Éliane aurait pu lui envoyer une lettre semblable. Non, assurément. La jeune femme était trop pudique. Et elle n'aimait pas écrire. Elle avait peur, prétendait-elle, de faire des fautes. Célestin ne regrettait pas son silence, il préférait que le front, d'où il l'avait arrachée[1], demeurât un endroit à part, un lieu d'horreur et de mort qui ne devait pas se mélanger à la douceur de la paix. Il se leva, remit les lettres dans la caisse, souffla la bougie et gagna

1. Voir *La Cote 512, op. cit.*

son lit. Tout en se préparant pour la nuit, il revit le sourire enfantin du petit caporal et se souvint des paroles de Tennac. Oui, si quelqu'un avait été capable de tuer ce jeune type, ça valait la peine de savoir qui. De l'autre côté de l'allée, Le Meur, à nouveau, fut déchiré par une quinte de toux.

CHAPITRE 5
La seconde balle

Le lendemain matin, très tôt, Célestin réunit quelques hommes et, aidés par le jardinier du château, ils se mirent à draguer la petite mare dans laquelle avait été retrouvé le cadavre du caporal Lerait. Un grand soleil blanc sortait des vapeurs de l'aube et, lorsque les hommes commencèrent à travailler, les prés alentour étaient déjà fumants. Il y avait là Galade et Tennac, et aussi deux jeunes Bretons du 47e Régiment d'infanterie de Saint-Malo, Jean-Marie Keriou et Paul-François Le Gall. Tous étaient armés de longs râteaux de bois avec lesquels ils exploraient comme ils le pouvaient le fond de l'eau. Des grenouilles furieuses s'échappaient en coassant. Tout en surveillant les recherches du coin de l'œil, Célestin fouillait les herbes tout autour de l'eau. Au bout de trois quarts d'heure, ils n'avaient rien trouvé.

— On fait remonter de la boue, ce n'est pas comme ça qu'on va trouver quelque chose ! s'exclama Tennac.

— Et alors ? Tu as une autre idée ? demanda Galade.

— Je vais me foutre à la baille, je vois pas d'autre façon.

Déjà, il avait ôté sa chemise. Il enleva ses chaussures, se mit en caleçon puis se laissa glisser dans l'eau.

— Bon Dieu, elle est pas chaude !

Célestin lui indiqua l'endroit exact où il avait découvert le cadavre. À partir de là, Tennac, qui enfonçait jusqu'aux genoux dans le fond boueux, marcha en rond, effectuant des cercles de plus en plus larges. Il avançait torse nu, les bras étendus de chaque côté, à la fois pour conserver son équilibre et pour éviter de les plonger dans l'eau froide. Le limon qu'il soulevait s'étalait autour de lui en nuages opaques qui retombaient doucement. Derrière Célestin, des pas se rapprochèrent.

— Bonjour, inspecteur !

La nuance d'ironie n'échappa pas au jeune homme. C'était le commandant Pesnel, accompagné de Laure d'Amberville. La jeune femme, pour une fois, ne portait pas la blouse blanche des infirmières mais une jupe droite dans les tons brun clair, un chemisier blanc boutonné jusqu'en haut et sur lequel elle laissait bâiller un petit gilet vieux rose. Elle avait ramené ses cheveux en chignon, ce qui mettait en valeur la finesse de son cou et de ses épaules. Elle salua Célestin d'un petit signe de tête tandis que Pesnel, condescendant, détaillait la scène.

— Comment se déroulent ces recherches ?

— Comme vous le voyez. Mais je ne sais pas si mademoiselle…

— Pourquoi dites-vous cela ? Parce qu'un homme à demi nu prend un bain devant moi ? Lorsque je soigne vos blessures, monsieur, vous n'avez pas la même pudeur.

Pour le coup, Célestin se sentit rougir jusqu'à la racine des cheveux.

— Là, j'ai quelque chose ! cria Tennac.

Levant les yeux, il se rendit compte à son tour de la présence de Laure d'Amberville. Gêné, il lui fit un salut de la tête et se tourna vers Célestin.

— Passez-moi un râteau.

Le petit Keriou lui tendit l'outil qu'il enfonça dans l'eau. Tous les autres l'observaient en silence. Laure frissonna et se serra dans son gilet. Une première fois, Tennac ne remonta que des herbes et des feuilles en décomposition. La seconde fut la bonne. Au milieu des débris végétaux, tout dégoulinant d'eau, apparut le métal noir du revolver. Le râteau à la main, tenu bien au-dessus de l'eau, Tennac se rapprocha de la rive. Célestin se pencha et récupéra l'arme dans un chiffon. Il l'essuya rapidement et la présenta au commandant Pesnel, qui la reconnut immédiatement.

— C'est bien mon arme.

Célestin dégagea le barillet. Il y manquait deux cartouches.

— Ce revolver était chargé ?

— Absolument. Je le regrette maintenant.

— Il contenait donc six cartouches, vous en êtes certain ?

— Certain. Une vieille habitude militaire.

— Eh bien regardez…

Il tendit le revolver à Pesnel qui l'examina à son tour. Autour d'eux, les soldats s'étaient rapprochés. Un peu en retrait, Tennac, frigorifié, se frictionnait énergiquement. Pesnel interrogea Célestin du regard.

— Je suppose que… deux coups ont été tirés.

— Pour un suicide, c'est un de trop.

Pesnel referma le barillet et contempla son arme comme un objet étranger.

— J'imagine que c'est désormais une pièce à conviction ?

— C'est exact, mon commandant, vous devez la confier au juge d'instruction.

Le visage fermé, l'officier replaça l'arme dans son étui de ceinture.

— Il est possible que notre malheureux camarade ait voulu l'essayer avant de le retourner contre lui.

Célestin hocha la tête. Un soldat habitué à se battre n'avait pas besoin d'essayer un revolver. Mais il n'avait pas envie de discuter tout de suite cette hypothèse. Laure d'Amberville avait suivi la scène sans un mot. Elle se détourna et se dirigea vers l'allée, en contrebas. Pesnel se fendit d'un quart de sourire.

— Bravo, Louise, vous avez bien travaillé.

Puis, en quelques foulées rapides, il rattrapa la jeune femme qui s'éloignait et l'aida à passer le talus piqué de boutons-d'or. Célestin les regarda partir en se disant qu'au fond, ici comme là-bas, dans les tranchées, la mort d'un homme était bien peu de chose.

En remontant vers le château, Tennac se réchauffait à grandes bouffées de tabac. Célestin marchait à ses côtés, les yeux fixés sur le sol, sans un regard pour le vert tendre des marronniers agités par la brise. Les autres suivaient à quelques pas en arrière, silencieux.

– Te triture pas trop les méninges, conseilla Tennac. Pour une fois, c'est ce vieux con de Pesnel qui a sûrement raison : Lerait, il aura tiré un coup pour rien avant de se faire sauter le caisson !

– Oui… Sans doute…

– T'as pas l'air convaincu ? Mais admettons qu'on l'ait descendu… Je vois vraiment pas bien qui aurait pu faire ça ! Ou alors un jaloux de sa belle.

– Qui serait venu le retrouver ici ?

– Tu vois, toi non plus, t'y crois pas. N'empêche, ça fait quelque chose, de voir un brave type comme lui qui se flingue !

– Eh ! Attention !

C'était Galade qui avait crié. Au bout de l'allée, dans un grondement sourd qui se rapprochait, un camion militaire avait fait son apparition. Les hommes se rangèrent de chaque côté pour le laisser passer. À l'arrière, par la bâche ouverte, ils aperçurent une douzaine de blessés, surtout des zouaves, et un grand Noir, un tirailleur. Les régiments africains, réputés pour leur courage et leur férocité, inspiraient un mélange de crainte et de respect. Envoyés dans les coins les plus difficiles, ils avaient été décimés et les survivants peu à peu incorporés à d'autres unités. Le Noir, dont un grand bandage ensanglanté dissimulait la moitié de la tête, se penchait pour voir les arbres, l'allée, un coin de ciel… Il sourit largement en voyant les soldats.

— Salut, le nègre ! hurla un des Bretons.

Le tirailleur lui fit un vague salut. Quand la petite troupe arriva au château, les blessés avaient déjà été transférés dans les salles. Seul le Sénégalais était resté dehors, debout comme un porte-flambeau au pied des marches du perron. Il fumait une cigarette et, de temps en temps, jetait un regard incrédule à la façade du château. Il s'appelait Aboubacar et venait de Kaffrine, une petite ville au centre du pays. Incorporé au 36e bataillon de tirailleurs dès le début de la guerre, il s'était baladé sur tout le front, de la Somme à la Champagne, toujours dans les coups durs, il avait vu ses compagnons mis en charpie par les balles des mitrailleurs allemands, il avait tué, massacré, égorgé dans un état de transe, cette fureur aveugle qui terrorisait l'ennemi. Il se remettait miraculeusement d'une grave blessure au ventre. Il montra à Célestin le pendentif orné d'un cauri qu'il s'était mis autour du cou.

— Lui me protège de la mort. Tant que je le porte ici, contre ma peau, je ne risque rien !

— Tu as quand même pris un pruneau dans le bidon.

— Oui mais, tu le vois, je suis encore là, plus fort que jamais !

Il éclata d'un grand rire. Célestin le laissa à ses illusions, ces croyances magiques qui permettaient aux hommes de continuer à se battre et de se jeter tête baissée en enfer. Il passa machinalement la main sur le bracelet de cuir que lui avait offert Éliane. Après tout, lui non plus n'était pas à l'abri de la superstition. Les autres étaient partis ranger les râteaux et les perches dans un appentis du jardin. Le policier se dirigea vers la chapelle. Le corps du petit caporal avait été installé à droite de l'autel. Il était couché comme un gisant en face d'un ancêtre d'Amberville, en cotte de mailles près de sa dame, sa longue épée posée sur le corps. Les vêtements du mort avaient séché, dégageant une odeur de vase et de plantes. Célestin examina attentivement la chemise, à l'endroit où elle s'était tachée de sang. La plupart du temps, les suicidaires appuyaient l'arme contre leur corps avant de presser la détente. Elle laissait alors des traces de poudre autour de la blessure. Sur la chemise de Lerait, Célestin n'en décela aucune. Mais l'eau avait pu les faire disparaître. Restait le mystère de la seconde cartouche. En commençant par les mains du mort, le policier se livra à une observation minutieuse du corps. Et, comme il savait ce qu'il cherchait, il trouva. Au moment où le soleil, un instant dégagé, lançait un rayon par l'unique vitrail de la petite chapelle, Célestin découvrit au sommet du crâne du cadavre une éraflure rectiligne qui avait dû saigner, mais que le séjour dans l'eau avait nettoyée. Il se rappela que les cheveux trempés masquaient cette partie de la tête lorsqu'ils avaient sorti le jeune soldat de la mare. Voilà où était passée la deuxième balle. Elle aussi avait été tirée sur le caporal, elle l'avait juste effleuré, soit par maladresse, soit parce que la première l'avait déjà touché et fait basculer en arrière. La porte de la chapelle s'ouvrit en grattant le sol de pierre. Célestin se retourna. Deux silhouettes en uniforme se dessinaient à contre-jour sur l'ogive de l'entrée. C'était les gendarmes. Ils s'approchèrent, méfiants, trop conscients de l'aversion, de la haine, que les poilus entretenaient à leur encontre. Célestin les salua sans leur serrer la main. Il leur montra la blessure à la poitrine qui avait causé le décès du jeune soldat, et leur indiqua aussi l'éraflure à la tête. En quelques mots, il les mit au courant de ses déductions. Le plus gradé des deux pandores le regardait d'un air maussade, qui devint franchement mauvais lorsqu'il comprit qu'ils avaient probablement affaire à un crime et non à un suicide.

— On nous a dit que vous étiez inspecteur à Paris ?

Au mépris pour les soldats s'ajoutait la méfiance instinctive des provinciaux pour tout ce qui pouvait venir de la capitale.

— C'est exact. Mais je ne tiens pas particulièrement à m'occuper de cette enquête.

— Ce n'est pas dans vos attributions. Le juge d'instruction, M. Marty, a été prévenu, il va venir faire les constatations. Il aura besoin de votre témoignage : c'est bien vous qui avez découvert le corps ?

Célestin acquiesça. Il avait déjà décelé dans le ton du gendarme une pointe de soupçon. Une mort violente au château, avec toute cette bande de biffins plus ou moins alcooliques, ça ne pouvait être, aux yeux de la maréchaussée, que le résultat d'une rixe ou d'un sale règlement de comptes. Le gendarme soupira, peu pressé d'aller se fourrer dans une affaire où se mêlaient des soldats, des officiers et la famille d'Amberville : autant de motifs pour s'attirer des ennuis.

— On va faire transporter le corps pour pratiquer l'autopsie. À tout hasard, je signalerai la blessure à la tête. Mais il a pu se la faire en tombant.

— Dans l'eau ?

Le brigadier haussa les épaules et fit décliner à Célestin son identité exacte et complète. Puis le jeune homme quitta la chapelle. Dehors, il faisait bon. Des tables avaient été dressées, à l'ombre d'un hêtre gigantesque qui protégeait l'entrée du château. Une cloche sonna pour le déjeuner. Les poilus en état de marcher vinrent s'asseoir sur les bancs installés le long des tables. Célestin observa machinalement les religieuses et les filles de salle qui servaient le repas, puis dévisagea les autres soldats. Un assassin se cachait dans ce petit groupe. Les hypothèses de Célestin n'excluaient personne, ni homme, ni femme, ni même les officiers : Pesnel ou Lebec avaient très bien pu mentir. Un fourgon vint stationner devant la chapelle, deux infirmiers y chargèrent le corps du pauvre Lerait et repartirent aussitôt.

— Merde, quand même, c'est pas de veine ! C'était un brave type… murmura Galade.

Une quinte de toux de Le Meur accompagna cette maigre épitaphe, et le petit caporal s'en fut vers sa dernière demeure. Quelques zouaves faisaient bande à part, échangeant de rares paroles. Aboubacar, assis entre Le Gall et Keriou, était plus expansif. Les deux autres l'interrogeaient sur son pays, les bêtes féroces, les cannibales, les femmes aux seins nus, toute une imagerie véhiculée par *L'Illustration* dans laquelle ils mélangeaient tout. Le grand Noir répondait de bon cœur et, parfois, éclatait d'un gros rire qui faisait se détourner ses voisins de tablée.

— T'es bien taiseux, ce midi, Célestin ! remarqua Tennac. T'es toujours sur ton idée de meurtre ?

— C'est peut-être un peu plus qu'une idée.

— Vas-y, raconte…

— Je t'en ai déjà trop dit. Et puis les gendarmes m'ont bien fait comprendre que je n'avais rien à faire dans leurs pattes. Je suis juste un témoin.

— N'empêche que t'as compris quelque chose là où ils entravent que dal.

— Ils vont faire une autopsie, on en saura plus à ce moment-là. Ou peut-être qu'on ne saura rien du tout !

L'après-midi fut chaud. Un orage montait du sud-ouest, l'air était lourd, les hommes transpiraient. Seuls les gars de la coloniale semblaient s'en accommoder. Aboubacar ronflait en plein soleil, allongé sur la pelouse. Trois zouaves fumaient en silence, assis au bord du petit ruisseau qui coulait en contrebas de la chapelle. De nouveau, Célestin se sentait fiévreux, l'épaule meurtrie par des élancements douloureux qui lui traversaient tout le dos. Il remonta lentement l'allée des marronniers, jusqu'à la mare. Si l'autopsie confirmait le meurtre du caporal Lerait, il se trouverait devant un vrai mystère. Lerait n'avait aucun ennemi parmi les autres pensionnaires du château, il ne s'était disputé avec personne, il s'était au contraire plutôt attiré la sympathie des uns et des autres. Peut-être s'était-il passé quelque chose au village ? Une histoire de femme ? Un trafic d'alcool ? Si c'était le cas, les gendarmes, tout empotés qu'ils fussent, l'apprendraient vite. Quelqu'un était venu le tuer dans l'enceinte de la propriété, au risque de se faire surprendre. Cela ne pouvait être que pour un motif grave. Ou alors le jeune caporal cachait dans son passé une énigme, un terrible secret qui l'avait rattrapé. Mais un étranger arrivant dans un si petit pays laisse des traces. Célestin était curieux de rencontrer le juge Marty, et de voir la façon dont il allait mener l'enquête. Les yeux perdus sur la surface grise de la petite mare où le vent poussait de part et d'autre des feuilles mortes tombées des arbres, le policier vit soudain s'arrondir des ronds concentriques, de plus en plus nombreux, tandis qu'au loin l'orage poussait ses premiers grondements. En quelques secondes se déclencha un véritable déluge. Déjà trempé, Célestin se réfugia sous un des arbres qui bordaient l'allée. Collé au tronc, il ne recevait sur le crâne que quelques grosses gouttes lâchées par les feuilles tandis que, dans le ciel noir, les éclairs se déchaînaient. La foudre tomba tout près dans une explosion déchirante. Au fracas de la pluie qui s'écrasait par terre et débordait en rigoles luisantes, au froissement des feuillages dégouttant l'eau vint se superposer un crépitement plus sec : le pas d'un cheval qui descendait l'allée. Surpris, Célestin, secouant l'eau qui lui tombait dans les yeux, vit s'approcher Laure d'Amberville. Elle aussi avait été surprise par l'orage, mais elle ne paraissait pas s'en préoccuper. Au contraire, très droite sur sa monture, elle avait rejeté la tête en arrière, fermé les yeux et son visage recevait toute l'eau du ciel. Ses cheveux gorgés de pluie avaient formé une grande tresse épaisse, emmêlée, qui tombait à la verticale, touchant presque l'arrière de la selle. Elle n'avait mis sur elle qu'une chemise en coton gris pâle que la pluie collait à son corps, dévoilant la courbe de ses épaules et les formes pleines de ses seins. Des gants fauves protégeaient ses mains qui tenaient nonchalamment les rênes. Chevauchant ainsi au pas, offerte aux éléments, elle dégageait une beauté brutale avec une pointe de sauvagerie, à l'opposé de sa douceur discrète d'infirmière. Célestin resta saisi, immobile sous son arbre, fasciné. Lorsque la jeune femme passa juste devant lui, il frissonna. Le cheval, effrayé, fit un écart. Laure rouvrit les yeux et, d'un geste vif, le maîtrisa. Alors elle vit le jeune homme qui la regardait. Ils restèrent ainsi, immobiles, sans se dire un mot, tandis que le cheval s'ébrouait. Puis, brusquement, Laure donna un vigoureux coup de talon et partit au galop. Elle disparut vers le château. Célestin la suivit des yeux, troublé. Il se demanda si le juge Marty les interrogerait, elle et son père. Ou si, dans cette province qui vivait encore un peu sous l'Ancien Régime, les aristocrates demeuraient à l'écart, au-dessus de tout soupçon. La pluie cessa aussi brusquement qu'elle était venue. L'orage s'éloignait vers l'est, vers la guerre. Célestin poursuivit sa promenade jusqu'aux grilles du parc, jusqu'à la petite route qui menait à Amberville. Les oiseaux, heureux de l'accalmie, sortaient des taillis en gazouillant joyeusement, et les plus gourmands se lançaient déjà dans la chasse aux vers de terre. Une pétarade les dérangea : une voiture arrivait, conduite par un petit bonhomme maigrichon dont la moustache dissimulait mal un ancien bec-de-lièvre. À l'arrière, le juge Marty étalait sa corpulence sur la banquette, les yeux perdus sur un paysage qu'il ne voyait pas. Il remarqua pourtant Célestin et fit arrêter la voiture devant lui. Passant son énorme figure par la vitre, il dévisagea le jeune homme et lui lança :

— Vous êtes l'inspecteur Célestin Louise ?

— C'est exact.

Le gros bonhomme ne dissimulait pas sa satisfaction.

— On m'a donné votre signalement. Je vais devoir vous interroger. Je vous attends au château, quand j'aurai salué le maître de maison.

Il fit un signe à son chauffeur qui redémarra. Il n'aurait pas eu l'idée de proposer à Célestin de monter avec lui. Le jeune policier s'en réjouit : il préférait rentrer à pied, seul au milieu de la double rangée d'arbres d'où tombaient encore les gouttes de pluie.

Le juge Marty recevait dans un petit salon du premier étage, une des rares pièces, avec sa chambre et celle de sa fille, que le comte avait conservées à son usage personnel. Le gros bonhomme avait posé sur un fauteuil son manteau, un drôle de vêtement fait sur mesure de gabardine bleu foncé avec aux manches des revers de fourrure grise. Confortablement installé derrière un bureau de style, il lançait au plafond des bouffées de fumée de cigare en sirotant de temps en temps des gorgées d'un vieux porto. Le chauffeur au bec-de-lièvre lui servait aussi de greffier, il était assis en retrait penché sur une table minuscule juste assez grande pour porter ses registres. En entrant, Célestin s'effaça devant Pesnel qui le regarda à peine. Marty agita ses petits doigts.

— Entrez, monsieur Louise... Inspecteur Louise, devrais-je dire !

Il avait devant lui le revolver d'ordonnance du commandant.

Célestin s'avança dans la petite pièce dont le plafond paraissait à une hauteur invraisemblable, le juge ne fit pas mine de se lever, encore moins de vouloir lui serrer la main. Il désigna d'un geste une chaise placée devant lui.

— Asseyez-vous, je vous en prie.

Célestin s'installa face au juge Marty. Le greffier leva la tête, parut photographier le visage du jeune policier, puis replongea dans ses écritures. Sur une haute cheminée de marbre noir, une horloge sonna quatre heures. Après les préliminaires concernant l'état civil, le juge fit raconter une nouvelle fois à Célestin la façon dont il avait découvert le corps de Lerait.

— Pourquoi vous êtes-vous dirigé précisément vers cette mare ?

— Je ne suis pas allé directement à la mare, je marchais au bord de l'allée, et c'est de là que j'ai vu que quelque chose flottait à la surface de l'eau.

— Vous avez de bons yeux. Ou du flair.

— L'un n'empêche pas l'autre.

Le juge ricana, le greffier, en écho, découvrit ses dents, ce qui était sa manière de sourire.

— Il y a ici une quarantaine de soldats blessés, une douzaine de religieuses et d'aides-soignantes, un médecin et un aumônier qui passent de temps en temps, quelques domestiques, une cuisinière, un jardinier, le comte et sa fille, et deux officiers. Si j'excepte ces quatre dernières personnes, qui déjeunaient ensemble au moment où l'arme du crime a été dérobée dans le tiroir du commandant Pesnel, cela me fait près de soixante suspects, soixante personnes susceptibles de s'être glissées dans la chambre des officiers à l'heure du repas. C'est à la fois beaucoup… et peu.

— À moins que quelqu'un ne se soit introduit au château.

— Cette personne aurait été repérée à un moment ou à un autre, elle ne serait pas tombée du ciel !

Le juge était parfaitement désagréable, mais loin d'être idiot. Il ajouta :

– Et puis l'éventualité du suicide n'est pas encore tout à fait écartée. Il faudra attendre les résultats de l'autopsie.

Célestin resta silencieux. Un suicide, de toute évidence, aurait arrangé tout le monde, mais le juge Marty avait parfaitement compris que c'était l'hypothèse la moins probable. Ou, tout au moins, celle à laquelle le policier croyait le moins.

– Qui aurait pu tuer ce pauvre garçon ? Tout le monde s'accorde à dire qu'il attirait la sympathie.

– Peut-être quelque chose dans son passé…

– Que de mystères ! Une vengeance familiale ? Un ennemi implacable ? C'est du roman-feuilleton, inspecteur Louise. Je pressens une vérité plus prosaïque. Quoi qu'en pensent les poètes, les assassins, la plupart du temps, n'ont rien de romanesque.

– Le caporal Lerait n'avait pas de fortune.

– Et alors ? Il trafiquait peut-être, il avait une maîtresse jalouse, ou il avait cambriolé une de ces demeures abandonnées sur le front et mis la main sur un magot… La guerre est malheureusement l'occasion, pour certains, de laisser libre cours à leurs instincts les plus bas.

Célestin se rappela les officiers méprisants, les ordres absurdes, les tueries inutiles, les corps à corps où l'on ressemblait à une bête sauvage… Redevenir barbares, voilà ce qu'on demandait aux poilus, à tous ces pauvres gars qui avaient laissé derrière eux leurs familles, leurs fermes, leurs ateliers… Au milieu de cette tuerie internationale, encouragée par tous les chefs d'État, accuser un caporal de cambriolage pouvait sembler mesquin. Le juge cherchait d'évidence à se convaincre autant qu'à persuader son interlocuteur.

— N'importe, conclut-il, j'en aurai le cœur net. Je ne laisserai pas le désordre s'installer par ici. J'ai demandé aux services de gendarmerie de se montrer particulièrement vigilants.

— On peut compter sur eux, monsieur le juge, persifla Célestin.

Marty ne releva pas et, après quelques autres questions de détail, congédia le policier. Les pendules avaient été remises à l'heure : le juge menait l'enquête, Célestin Louise rentrait dans le rang.

Le soir, une atmosphère de tristesse maussade avait envahi la salle. Après les soins et le dîner, il n'y eut pas de partie de cartes, juste quelques échanges de banalités. Et des regards curieux sur Aboubacar qui occupait l'ancien lit de Lerait.

— On devrait peut-être lui raconter ce qui s'est passé, souffla Keriou.

— Pourquoi ? Tu crois aux revenants ? se moqua Tennac.

— Moi pas, mais lui, peut-être.

— Ben dis donc, bonhomme, si tous les gars qui sont tombés sur le front devaient revenir d'un coup, on ne saurait plus où les mettre !

Keriou haussa les épaules et partit se coucher. Tennac sortit sur le perron pour une dernière cibiche. Célestin était là, silencieux, droit comme un i, les yeux perdus dans les frondaisons des marronniers qui se détachaient en plus sombre sur le ciel de nuit.

— Ça y est, je pars demain, annonça Tennac. Ils viennent me chercher dans l'après-midi, je vais rejoindre le 115ᵉ, encore un régiment qu'ils recomposent de bric et de broc. Ah ! J'aimerais bien le voir, notre grand général Joffre et sa tactique du grignotage ! Il a qu'à venir grignoter un peu dans les tranchées, ça lui changera !

Il offrit une cigarette à Célestin qui refusa.

— Tu vas continuer ton enquête ?

— C'est pas mon enquête, c'est celle du juge Marty. Moi, je suis juste un soldat blessé.

— N'empêche, t'es flic, ça va te trotter dans la tête jusqu'à ce que tu trouves qui c'est qu'a tué Lerait.

Célestin se tourna vers lui. Tennac avait un sourire en coin, mais il lui parlait sans animosité.

— Tu me tiendras au courant, hein ? Écris-moi : soldat Jean Tennac, 115ᵉ régiment, 3ᵉ compagnie, 1ʳᵉ section. Tu te souviendras ?

— Je me souviendrai. Mais si je trouve rien ?

— Blague pas, je suis sûr que tu as déjà ta petite idée…

Célestin resta évasif et, laissant là le soldat Tennac, rentra se coucher. D'idée, il n'en avait guère, en tout cas rien de vraiment différent de ce qu'avait avancé le juge d'instruction. Ce genre d'affaire nécessitait un travail de fourmi, et d'abord l'interrogatoire de toutes les personnes présentes. Il se souvint d'une enquête sur un crime à Montmartre, une sombre histoire de filles dans un bal qui s'était terminée par un poignard planté entre les deux épaules d'un apache. Il avait dû recouper des dizaines de témoignages des danseurs, des serveurs, des musiciens, avant de faire émerger des contradictions et de confondre le coupable. Là, c'était pareil, le mieux serait de prendre les dépositions de tout le monde et de vérifier tous les emplois du temps, minute par minute. « Y compris ceux des officiers », se dit Célestin. Mais il y avait peu de chance que cela se passe ainsi.

CHAPITRE 6

Le sang d'Aboubacar

À deux heures du matin, Célestin ne dormait toujours pas. Il revoyait le cadavre de Lerait flottant à la surface de l'eau. Il ne croyait pas au suicide, mais cela aurait pu être un accident, le tir maladroit d'un chasseur. Ou d'un braconnier, car on ne chassait pas en été. Le policier, tourmenté, échafaudait des hypothèses qu'il repoussait aussitôt. La fièvre le reprit, et la douleur à l'épaule. Au concert habituel de la nuit, le nouveau venu, Aboubacar, avait apporté son étonnante contribution, un ronflement sonore et presque musical qui, régulièrement, réveillait un autre blessé. On entendait alors un :

– Ta gueule, le nègre ! qui ne changeait rien.

Célestin finit par sombrer dans un demi-sommeil agité, coupé de cauchemars dans l'intervalle desquels il ne savait plus très bien où il était. À un moment, il eut une très vague impression de silence qui ne le surprit pas suffisamment pour le réveiller. Au matin, il dormait profondément et ce fut l'odeur du café qui lui fit ouvrir les yeux. Et puis il y eut un cri de terreur, un cri de femme, et puis la voix affolée de Léontine :

— Au secours ! Au secours !

Célestin sauta à bas de son lit. Il portait un caleçon et son gros bandage en travers du torse. Pieds nus, il déboucha dans l'allée en même temps que Tennac. Les rideaux des alcôves s'ouvraient les uns après les autres. Léontine était sortie à reculons d'un des box, la main sur la bouche, les yeux agrandis d'effroi. Célestin la rejoignit, Tennac vint juste après. C'était le lit de Lerait, celui qu'occupait désormais Aboubacar. Le grand Noir souriait, les yeux fixés au plafond. Une large entaille rouge lui coupait la gorge d'une oreille à l'autre, et son sang avait inondé les draps et l'oreiller. Célestin s'approcha, mais il n'y avait plus rien à faire, le tirailleur était mort. Un des Bretons qui découvrait la scène murmura :

— C'est une place maudite !

Le regard de Célestin accrocha un éclat d'acier au pied du lit, c'était un scalpel tout rouge de sang. Il se retourna et fit signe à Tennac.

— Empêche les autres d'approcher ! Léontine, allez prévenir M. le comte, il faut faire revenir le juge Marty. Et puis allez boire un grand verre d'eau et reposez-vous.

D'un coup sec, il referma le rideau de l'alcôve. Dans l'allée montait le murmure des conversations, les questions, les réponses, la rumeur qui s'enflait. Quelqu'un prétendait déjà que le pauvre Aboubacar avait été décapité. Célestin examina soigneusement le petit espace qui ne contenait que le lit et une minuscule table de chevet. Le Noir était étendu sur le dos, l'agresseur n'avait eu aucun mal à lui enfoncer la lame du scalpel dans le cou. Il n'y avait même pas eu de lutte, Aboubacar n'avait ouvert les yeux que pour comprendre qu'il allait mourir. L'assassin avait ensuite lâché son arme avant de s'esquiver. En se penchant sur le lit étroit, Célestin nota des taches sanglantes sur un pan de drap défait : le meurtrier, avant de s'en aller, avait pris la peine de s'essuyer les mains. Le jeune policier observa les traces sanguinolentes sur le tissu froissé. Elles avaient quelque chose de terrible, elles rendaient presque palpables la présence du tueur, sa détermination, sa cruauté, son sang-froid. Le brouhaha dans l'allée se calma, le rideau s'écarta pour laisser passer le comte. Le vieil homme devint pâle en découvrant le corps.

— Je viens d'appeler le juge d'instruction, souffla-t-il d'une voix éteinte.

Il n'arrivait pas à détacher ses yeux de l'horrible blessure.

— C'est une malédiction !

— Ah non, pas vous, monsieur le comte ! Il y a un assassin quelque part dans ce château, et je vous promets que nous allons le démasquer.

Le comte sortit de son cauchemar et lança à Célestin un regard perdu, il semblait anéanti. Le jeune homme le prit par le bras et l'entraîna dans l'allée. Le gros de la chambrée s'était regroupé devant l'alcôve, et c'était curieux de voir ce groupe d'éclopés immobiles, suspendus aux lèvres du policier.

— Ne restez pas là, les gars, retournez dans vos lits. Tennac et Keriou, restez ici, personne ne doit entrer avant l'arrivée du juge.

Le comte, accablé, quitta la salle, croisant le commandant Pesnel qui venait aux nouvelles.

— Que s'est-il passé ?

— Un soldat… Mort…

Pesnel ouvrit de grands yeux, ne comprenant pas pourquoi la mort d'un soldat provoquait tant d'émoi.

— Encore un assassinat, mon commandant, expliqua Célestin. Et là, ça ne peut pas être un suicide.

Pesnel bomba le torse. La situation lui échappait mais il était officier, il se devait de manifester son autorité.

— Il faut boucler les lieux… Interroger les suspects, lança-t-il sottement.

— J'ai interdit l'accès à l'alcôve, mon commandant. Mais pour les suspects, il vaut mieux attendre l'arrivée du juge d'instruction.

— Bien sûr. Évidemment. Comment cet homme a-t-il été assassiné ?

— On l'a égorgé.

Pesnel toussa, puis se tourna vers le comte.

— Monsieur le comte, vous êtes choqué… Permettez-moi de vous raccompagner à l'étage.

Il prit le vieil homme sous le bras et, avec un peu d'affectation, le guida jusqu'à l'escalier. À la cantonade, Célestin lança :

— Si quelqu'un, cette nuit, a vu, entendu, ou remarqué quelque chose, qu'il n'hésite pas à m'en parler !

Personne ne bougea, chacun restait prostré dans son alcôve, certains assis sur leur lit, d'autres déjà couchés. Au passage du jeune policier, ils relevaient la tête et le regardaient, et il vit dans leurs yeux de la surprise et de la peur.

Léontine, effrayée, tremblante, reniflait sur un des bancs de la cuisine. Émilienne avait posé devant elle un bol de café chaud, et revenait avec une bouteille d'eau-de-vie. Léontine refusa d'un mouvement de la tête. Célestin s'assit en face d'elle et fit signe à la cuisinière qu'il était partant pour un verre d'alcool, qu'elle lui servit dans une tasse.

— Vous non plus, vous n'avez rien vu, Léontine ?

— C'est le Diable Bleu, murmura l'infirmière, et personne ne l'attrapera.

— Le Diable Bleu ? Qui c'est encore, celui-là ?

Célestin prenait l'air dégagé, mais les deux femmes, à l'évocation de ce personnage mystérieux, paraissaient encore plus terrorisées.

— Et d'abord, pourquoi bleu ?

— C'est son uniforme, souffla Léontine.

— Un uniforme bleu, comme le nôtre ?

— C'est un soldat. Un déserteur.

— Un déserteur ? Et en quoi ce gaillard-là serait-il mêlé aux meurtres du château ?

— Il a déjà tué. Un paysan qui revenait du marché de Villeneuve et qu'on a retrouvé, assommé et dépouillé.

— Et alors ? Il y a eu une enquête ? On est certains que c'est ce « Diable Bleu » ?

Léontine secoua la tête sans répondre, comme si les doutes du policier lui paraissaient déplacés.

— Il en veut aux gendarmes, il paraît.

— Beaucoup de poilus en veulent aux gendarmes. Là-bas, sur le front, ils nous surveillent comme des chiens autour d'un troupeau. Il y a eu des violences, c'est vrai, mais ça ne se termine pas forcément dans le sang, heureusement !

La jeune femme, butée, restait sur son idée. Célestin l'interrogea sur la veille, c'était peine perdue. Ni elle ni Émilienne n'avaient rien vu, rien remarqué de particulier et c'était tant mieux, car le Diable Bleu était tout aussi bien capable de les égorger à leur tour.

— Jusqu'ici, il ne s'en est pris qu'à deux soldats.

— C'est un fou dangereux, explosa Léontine, je l'ai déjà dit et répété, et tant qu'il rôdera dans la campagne, par ici, on ne sera jamais tranquilles !

Machinalement, Émilienne caressait les cheveux de Léontine qui, petit à petit, s'apaisa. Célestin termina sa tasse d'eau-de-vie et laissa les deux femmes. Comme il allait sortir dans le parc, il croisa Le Gall dans l'antichambre.

— Moi, je reste pas là ! On va tous y passer ! C'est bien la peine d'avoir échappé aux Boches pour se faire étriper sur son lit d'hôpital !

— Attends, Le Gall, c'est pas le moment de paniquer. On a eu deux morts, c'est vrai, mais d'abord, on n'est pas sûrs que c'est le même assassin, et ensuite, on va prendre des mesures.

— Ah ouais ? Et qu'est-ce que tu comptes faire, le Parigot ?

— Comme à la tranchée : un tour de garde la nuit, je vais m'arranger pour trouver une arme. Et personne ne va plus se promener seul dans la propriété, ou même au village.

D'un coup, le Breton parut rassuré.

— Bon Diou, si je lui mets la main dessus, à ce fils de garce, je te jure qu'il va payer !

— Il faut se serrer les coudes, bonhomme. Quelqu'un nous a déclaré la guerre... On a l'habitude, non ?

— Tu crois que c'est un Boche ?

Célestin fit la grimace.

— Un Boche, par ici... Mais il paraît qu'il y a un déserteur qui traîne dans le coin et qui fait peur aux gens. J'aimerais bien lui dire deux mots.

— On doit pouvoir le débusquer, ce planqué !

— Ouais... Faut voir. En attendant, on garde notre calme.

Célestin sortit. La journée était splendide. Dans un ciel d'un bleu profond, le soleil encore bas éclairait le parc, allumant, dans l'herbe et les parterres, des étincelles de rosée. Le bassin, immobile, brillait comme un miroir. Le jeune homme s'avança jusqu'à l'entrée du verger. Les roses embaumaient légèrement et, dans un coin d'allée, deux oiseaux joyeux se disputaient un ver de terre. Le jardin dégageait un tel calme que, pendant un instant, Célestin put croire que le cadavre d'Aboubacar s'était juste échappé d'un de ses cauchemars, un de ces rêves sanglants qui, avec les mois de guerre, revenaient de plus en plus fréquemment déchirer ses nuits. Le moteur pétaradant de la voiture du juge Marty le rappela à la réalité. Le policier remonta vers le château et accueillit le gros juge au moment où il s'extirpait de la voiture.

— Qu'est-ce que c'est que cette histoire de fous ? maugréa le magistrat. On a encore un cadavre sur les bras ?

Célestin nota le « on » qui semblait l'associer à l'enquête. Marty montrait moins d'assurance que la veille. Le policier l'accompagna jusqu'à l'alcôve devant laquelle Tennac et Keriou montaient toujours la garde. Pendant que le juge faisait ses constatations, les deux gendarmes de la veille se présentèrent. Ce crime horrible, succédant à la disparition de Lerait, leur conférait soudain un statut d'importance. Ils libérèrent les deux poilus de leur faction, signifiant d'évidence qu'ils prenaient désormais les choses en main. D'ailleurs, on annonçait au perron l'arrivée d'un camion militaire venu chercher Tennac et les convalescents que le docteur Vincent avait jugés aptes à retourner au front. Le brigadier rejoignit le juge et Célestin dans l'alcôve. Le magistrat avait sorti de sa poche un mouchoir douteux et se tamponnait le front. Déjà, deux grosses mouches bourdonnaient autour du cou d'Aboubacar. Le sang s'était coagulé sur les bords de l'horrible entaille. Marty désigna le scalpel au pied du lit.

— L'arme du crime. On peut savoir d'où elle vient ?

— Je vais me renseigner auprès du docteur Dorique. C'est son jour de visite.

— Et ce grand nègre, il s'était disputé avec quelqu'un ? Il s'était attiré des ennuis ?

– Non, monsieur. Il venait tout juste d'arriver et prenait sa blessure avec philosophie. Il semblait plutôt se réjouir d'être hospitalisé ici.

– Ces Noirs sont de grands enfants. Pauvre garçon !

Pendant quelques secondes, le gros juge donna l'impression d'être capable de compassion. Il se reprit d'un coup et désigna les traces sanglantes sur le drap.

– Vous avez vu ? Il s'est essuyé… Mais il n'y a pas grand-chose à tirer de ces traces.

Il se tourna vers le brigadier, lequel était visiblement irrité de l'importance que prenait Célestin dans l'enquête.

– Je veux interroger tous les blessés, recueillir le moindre indice qui puisse nous mettre sur une piste. Et je veux voir les aides-soignantes et les infirmières.

– Bien, monsieur le juge.

– Est-ce que vous avez entendu parler du Diable Bleu ?

À la question de Célestin, de maussade, la mine du gendarme devint agressive. Le juge rangea son mouchoir.

– Vous voulez parler de ce pauvre fou qui traîne dans la forêt en menaçant tout et n'importe qui des foudres de l'apocalypse ? Ne vous inquiétez pas, on finira bien par l'alpaguer. En attendant, il est bien commode, on peut lui mettre n'importe quel méfait sur le dos.

– C'est un déserteur, intervint le brigadier sèchement. Il ne prendrait jamais le risque de venir au château.

– Vous avez raison, brigadier. Oublions cet hurluberlu et organisons les interrogatoires. Je vais saluer le comte, occupez-vous aussi du cadavre.

La journée tout entière fut consacrée à l'audition des éventuels témoins. Les blessés en état de se déplacer et les infirmières défilèrent dans le même petit salon du premier étage où Célestin avait été reçu. Le gros Marty interrogeait, son greffier impassible notait et de tout cela, il ne sortit rien. Seul le docteur Dorique apporta un élément nouveau en révélant que le scalpel avait été dérobé dans une petite armoire du rez-de-chaussée, au mur d'un réduit qui servait à entreposer les médicaments. On se rendit compte que l'armoire avait été forcée. La serrure, au demeurant, offrait peu de résistance.

– Je la fermais par acquit de conscience, affirma le médecin, je n'aurais jamais imaginé que quelqu'un pût avoir l'idée de me voler des instruments de chirurgie !

– Un scalpel, docteur, pas n'importe quel instrument : un scalpel !

Le juge d'instruction martelait sa phrase inutile. Dorique haussa les épaules, il n'y pouvait rien. C'était un homme râblé, aux mains puissantes, au regard clair. Il portait un bouc et des favoris. Depuis quelques mois, il partageait ses journées entre sa clientèle et les blessés du château d'Amberville, et l'on comprenait, à ses traits tirés, qu'il ne prenait plus guère le temps de se reposer. Célestin le raccompagna jusqu'à sa voiture. Comme au juge, il lui demanda s'il connaissait l'existence du Diable Bleu.

— Le Diable Bleu ? Un pauvre diable, oui ! Je l'ai croisé deux fois, au cours de mes visites en campagne. Il mourait de faim. J'avais un quignon de pain dans ma sacoche, il s'est jeté dessus comme s'il n'avait rien mangé depuis une semaine.

— Vous avez parlé avec lui ?

— Pas vraiment. En guise de remerciement, il a grogné quelques phrases incohérentes dans lesquelles il était question de la mort des gendarmes et des mauvais hommes.

— Des mauvais hommes ? De qui parlait-il ?

— Je n'en sais fichtre rien. Vous êtes mieux placé que moi pour savoir ce que la guerre peut provoquer dans des esprits fragiles. J'ai vu moi-même revenir du front quelques déments qui se jetaient sous la table d'examen pour se protéger des obus qu'ils entendaient arriver sur eux.

— Pensez-vous que je puisse le retrouver ?

— Allez voir du côté du bois des Tuffes, c'est là que je l'ai rencontré. Mais je l'imagine mal venir jusqu'ici pour assassiner des soldats blessés.

Le docteur Dorique grimpa dans sa vieille Panhard-Levassor et disparut au bout de la grande allée. Comme Célestin revenait vers le château, il vit Laure d'Amberville qui descendait au jardin. Elle était encore en tenue d'infirmière, elle avait seulement retroussé les manches de sa blouse, laissant ses bras nus, et ôté sa calotte pour libérer ses cheveux. Perdue dans ses pensées, elle avançait d'un pas saccadé qui contrastait avec l'élégance de sa silhouette et lui donnait un aspect presque irréel. La jeune femme s'arrêta devant un parterre de rosiers. De la poche de sa blouse, elle sortit un sécateur et se mit à composer un bouquet, panachant les tons pastel avec goût. À un moment, elle se piqua le doigt sur une épine. Elle retira sa main et regarda la goutte de sang qui s'élargissait sur sa peau. Elle semblait fascinée. Un martinet passa, la touchant presque. Elle sursauta, le suivit des yeux, vit Célestin. Le jeune homme soutint son regard ; elle détourna les yeux, cueillit rapidement encore quelques fleurs et remonta vers la grande demeure en emportant son bouquet de couleurs. Le soleil disparaissait derrière la cime des grands arbres, les ombres s'allongeaient et Célestin, en regardant s'éloigner la jeune femme aux fleurs, se sentit envahi par une surprenante nostalgie.

Ce soir-là, tout le château fut sur le pied de guerre. Un tour de garde avait été institué, avec relève toutes les deux heures. Avec l'accord du juge, les gendarmes avaient ramené deux Lebel pour armer les patrouilles, qui veillaient à l'extrémité de chaque salle. Même les deux officiers, à l'étage supérieur, avaient décidé de dormir alternativement et le premier maître Lebec avait sorti à son tour un revolver d'ordonnance. Les zouaves, qu'on n'avait pas cru devoir incorporer au dispositif, avaient constitué leur propre police et guettaient immobiles à l'entrée d'une alcôve, poignard glissé à la ceinture. Célestin prit le premier quart avec Galade. Postés dans l'antichambre de l'entrée, ils avaient vue à la fois sur le perron et sur la première salle dont on avait laissé la porte ouverte. Le jour mit un temps infini à mourir. Jusqu'à onze heures du soir, une vague lueur mauve vint jeter des reflets sur le bleu profond du ciel de nuit. Personne, en réalité, ne dormait. La toux creuse de Le Meur ponctuait les heures. Célestin avait laissé le fusil à Galade qui, les sourcils froncés, émettait des hypothèses.

— Et si c'était un somnambule, un bonhomme qui fait ça dans son sommeil, sans s'en rendre compte ?

— Pour Aboubacar, je veux bien, mais Lerait a été tué en pleine journée. Ou alors le type faisait la sieste ?

Galade resta de marbre. Il se roula une cigarette dont la fumée monta en volutes bleuâtres vers le haut plafond, chatouillant au passage, sur le mur armorié, les narines d'un ancêtre d'Amberville, impassible et blasé dans un costume d'apparat.

— Est-ce qu'on est sûrs que c'est le même assassin ?

— On n'est sûrs de rien, sinon qu'il faut se protéger.

L'autre hocha la tête, pénétré de cette évidence. Dans la salle, rien ne bougeait. Un léger courant d'air agitait à peine le rideau ouvert de l'alcôve d'Aboubacar, celle qu'on appelait désormais « la place maudite ». Il faudrait qu'au moins tous les soldats présents soient partis avant qu'on y installe à nouveau un blessé. Les douze coups de minuit sonnèrent au cartel Louis XV posé sur la grande cheminée. Une demi-lune s'était dégagée d'un effilochement de nuages, et sa lumière blanche et crue transformait le parc en un jeu d'ombres où se perdaient les formes des massifs, les frondaisons des arbres, le trajet des allées. Et soudain Célestin crut voir passer une ombre sous l'arceau du verger. Il s'approcha de la porte et, le nez collé à la vitre, s'appliqua à mieux distinguer les détails du jardin. Galade, inquiet, avait écrasé sa cigarette.

— Tu as vu quelque chose ?

— Je ne sais pas... Peut-être...

L'autre vint le rejoindre, le fusil à la main, et plissa les yeux pour mieux voir. La découpe plus sombre d'un nuage qui passait devant la lune traversa les pelouses. Un hibou pleurait dans un arbre. Et soudain, effrayé, l'oiseau de nuit s'envola. Galade se crispa sur son arme.

— Là !

Il désignait un coin d'obscurité, l'ombre d'un hêtre d'où semblait filtrer les contours irréguliers d'une autre ombre, une forme mouvante, indéfinissable, qui disparut derrière le tronc et que les deux soldats crurent à nouveau deviner près d'une haie de buis. Galade ouvrit la porte.

— J'y vais, il va pas se foutre de notre gueule plus longtemps !

— Attends, je vais réveiller les Bretons.

— J'ai pas besoin d'eux, j'ai ça !

Il brandit son Lebel.

— Et j'ai eu le temps d'apprendre à m'en servir.

Sans laisser Célestin réagir, Galade avait dévalé le perron et s'était mis à l'abri derrière une vasque de pierre d'où débordaient des guirlandes de capucines. Il avait armé son fusil, prêt à tirer. De l'entrée, Célestin ne le quittait pas des yeux, partagé entre le désir de surveiller sa progression et l'envie d'aller chercher du renfort. Il appela à mi-voix en direction de la salle.

– Hé ! Le Gall ! Keriou !

Comme s'ils n'avaient attendu que ça, les deux poilus se pointèrent aussitôt dans l'allée centrale, surgissant comme deux diables de leurs alcôves. Ils ne s'étaient même pas déshabillés, ils avaient encore leurs godillots aux pieds.

– Qu'est-ce qui se passe ? Vous avez vu quelque chose ?

Ils ouvraient des yeux ronds dans la pénombre, et leurs deux postures symétriques avaient un aspect presque comique.

– On n'est pas sûrs… Galade est parti voir.

– Il est tout seul ?

– Vous inquiétez pas, il n'est pas loin, juste là, à l'entrée du jardin.

Ils se plantèrent tous les trois devant la porte et le cœur de Célestin se mit à battre plus vite : Galade n'était plus à l'abri de la vasque, il avait bel et bien disparu.

– Je le vois pas, s'inquiéta Le Gall.

– Moi non plus, je ne le vois plus. Il a dû s'avancer vers le bassin. Keriou, tu restes là, Le Gall, viens avec moi.

Suivi par le jeune Breton, Célestin descendit les marches du perron et traversa le terre-plein qui menait au jardin. L'air plus frais de la nuit respirait les roses et le chèvrefeuille. La lune, de nouveau, éclairait parfaitement les allées, découpant les silhouettes des arbres et le fouillis des parterres. Galade demeurait invisible. Célestin siffla doucement, sans obtenir de réponse. Le Gall s'était collé prudemment au socle d'une statue.

— Qu'est-ce qu'on fait ?

— On va jusqu'au bassin. Tu passes par la droite, moi par la gauche, et surtout on ne se perd pas de vue !

Prenant chacun une des allées latérales, les deux hommes s'avancèrent sans bruit. Ils furent bientôt de part et d'autre de l'eau à la surface de laquelle un poisson venait parfois gober un insecte nocturne. Le Gall leva les mains, paumes vers le ciel, indiquant qu'il n'avait rien remarqué. Célestin eut l'intuition d'un danger imminent, tout proche. La nuit semblait pourtant si calme… De nouveau, une vague nuée vint envelopper la lune, assombrissant le parc. Il y eut alors un sifflement étrange, puis un choc sourd, un cri étouffé, le bruit d'une chute et de feuillages écrasés. Célestin se précipita. Dans un bosquet qui masquait l'accès au verger, un corps était tombé, encore agité de soubresauts. Le policier le tira de l'entrelacs de branches et reconnut Galade. Les mâchoires crispées, il tentait d'articuler quelques mots.

— Méfie… toi… de…

Il n'en dit pas plus, un flot de sang s'échappa de sa bouche et Célestin se rendit compte qu'une flèche lui avait traversé la poitrine de part en part.

Le Gall l'avait rejoint, ses traits se décomposèrent.

— Il est mort ?

Célestin hocha la tête en reposant doucement le corps sur l'herbe. Puis les deux soldats regardèrent autour d'eux. Chaque recoin d'ombre pouvait dissimuler l'assassin. Le Gall aperçut le fusil que Galade avait abandonné dans l'allée, et courut le prendre. Cela sembla lui donner un regain d'assurance. Il le pointa au jugé dans la direction d'où il pensait que la flèche avait été tirée.

— Allez ! Montre-toi, salaud ! Sacré bon Diou de fils de putain !

Célestin lui aussi scrutait l'obscurité. Le jardin, le verger, les parterres et le bassin, tout était immobile. Une risée discrète fit frissonner les arbres. Le jeune policier, machinalement, se retourna. Et là, dans le grand rectangle d'ombre noire que le château dessinait sur l'herbe grise, il revit la forme vague, fuyante, qui se déplaçait très vite, une silhouette sans contours nets que Le Gall aperçut à son tour.

— *Ma doué Béniguet !*

Le Breton était devenu aussi pâle qu'un mort, il ne pensait même pas à se servir de son fusil qui pendait, inutile, au bout de son bras. Célestin s'était mis à courir vers le château.

— C'est un revenant, Célestin, tu l'attraperas jamais !

Et, de sa main libre, Le Gall se signa en invoquant sainte Anne. Célestin arriva au coin du bâtiment, il n'y avait plus trace du fuyard. Mais pour lui, cette silhouette fantomatique était bien réelle, c'était celle d'un assassin qui venait de frapper encore, lâchement, et sans laisser aucune chance à sa victime. Et, comme pour confirmer l'existence tangible d'un meurtrier, le policier aperçut dans l'herbe un reflet métallique qu'un rayon de lune allumait. Il se pencha et ramassa une longue broche dont l'attache s'était défaite. Sa forme évoquait un serpent dressé dont l'œil, figuré par un minuscule diamant, lançait un éclat menaçant. Célestin l'examina, le retournant dans sa main, certain de l'avoir déjà vu quelque part. Perdu dans ses pensées, il revint vers le lieu du crime. La forme du bijou était associée au château, à un endroit précis qu'il ne parvenait pas à se remémorer. En approchant du jardin, il constata que l'alerte avait été donnée, sans qu'on pût savoir par qui. C'était comme si chacun était resté sur ses gardes, et qu'il avait suffi de la silencieuse expédition de Galade, puis de Célestin et de Le Gall pour ameuter toute la petite troupe. De nouveau, le commandant Pesnel, en liquette blanche, tentait de prendre en main une situation qui le dépassait. Au milieu de ses imbéciles gesticulations, il eut toutefois le bon réflexe d'examiner la flèche qui avait transpercé le corps du pauvre Galade.

— C'est une flèche, comme à la guerre de Cent Ans, murmura Keriou.

— Ce n'est pas une flèche, le corrigea Pesnel, l'air pincé, c'est un carreau d'arbalète. Sa section en losange à quatre pans est caractéristique de cette arme. De plus, une flèche n'aurait pas traversé le corps de cet homme : il y a fallu toute la puissance d'une arbalète.

— Alors l'arme n'est pas loin, lança Célestin. Le meurtrier n'a pas pu s'enfuir avec un engin aussi encombrant.

Le comte d'Amberville arrivait, décomposé. Il confirma l'avis du commandant. Munis de lampes et de torches, les soldats se mirent en quête de l'arbalète. André Lebec, le marin, la dénicha quasiment plantée dans une boule de buis. On la présenta au comte, dont les mains tremblaient.

— Oui, je la reconnais, elle fait partie d'une armure qui se trouve dans le couloir des chambres.

Un trait de lumière, tout au fond du ciel, annonçait la journée à venir. Dans un grand bruit de moteur, la voiture du juge dévalait la longue allée de marronniers.

CHAPITRE 7

Secret de famille

Célestin ne parla du bijou à personne. Le juge Marty lui déplaisait, il ne supportait plus sa connivence avec le comte et les officiers. Ce n'était pas ainsi qu'on menait une enquête. Il n'échangea avec le magistrat que le minimum d'informations, évoquant en quelques mots l'apparition qui s'était évanouie dans l'obscurité. Accompagnés des deux gendarmes, ils refirent le parcours du fuyard jusqu'à l'arrière du château. C'était d'ailleurs à se demander par où l'assassin avait pu disparaître : de ce côté-là, le bâtiment ne présentait qu'un long mur avec une rangée de fenêtres situées à plus de deux mètres du sol. On sonda le mur, on alla même jusqu'à retirer quelques moellons, sans rien découvrir. Le juge, qu'on avait arraché trop tôt à son sommeil, était d'une humeur massacrante. Il soufflait, suait, pestait à la moindre motte de terre qui lui tordait le pied. Il se tournait régulièrement vers Célestin, agacé et méprisant.

— Vous n'auriez pas pu vous laisser abuser par un rayon de lune, par un reflet ?

— Impossible, monsieur le juge. Et d'ailleurs, je

n'ai pas été le seul à voir cette silhouette qui s'enfuyait.

— Non, non, je sais. Mais votre… camarade breton en parle comme d'un fantôme, ce qui, vous en conviendrez, manque singulièrement de précision. Une ombre, voilà ce que vous avez vu tous les deux : une ombre. Moi, je n'arrête pas les ombres !

Les gendarmes s'esclaffèrent bêtement. Une séance d'interrogatoires eut de nouveau lieu, dans la même antichambre, avec le même greffier impassible et fatigué. L'arme du crime fut mise sous scellés après qu'on eut bien vérifié qu'il s'agissait de l'arbalète qui accompagnait l'armure du couloir des chambres.

— N'empêche, monsieur le comte, se permit de critiquer Marty, vous ne devriez pas laisser traîner des machines aussi meurtrières à la portée du premier venu !

Devant le désarroi du vieil homme, le juge d'instruction n'osa pas insister. Le comte d'Amberville, depuis la découverte du nouveau cadavre, était devenu méconnaissable. Hagard, imprévisible, il semblait avoir perdu tout contrôle de lui-même, et ses mains, fréquemment, se mettaient à trembler. Accablé par sa négligence, il acquiesçait à tout, et ses yeux inquiets fouillaient les moindres recoins d'ombre à la recherche d'on ne savait quelle trace, quel souvenir, quel cauchemar. À la fin de l'après-midi, il dut s'aliter, et le juge Marty convoqua le docteur Dorique.

— La réaction du comte est alarmante, docteur, et presque disproportionnée, même si cette série de crimes est particulièrement terrible. Vous êtes son médecin de famille, n'est-ce pas ?

— C'est exact. Mais cela ne nous donne guère d'occasions de nous voir : le comte d'Amberville jouit d'une excellente santé.

— Je vais être direct : lui arrive-t-il de se trouver dans des états seconds ? Ou de prendre des drogues ?

— Jamais, je suis formel. Je pense simplement qu'il est anéanti par le drame que nous traversons. Songez-y : il met son château à la disposition des soldats blessés, dans le but d'améliorer les soins, et cet endroit splendide devient un piège mortel. Il y a de quoi s'effondrer, non ?

— Je n'imaginais pas qu'un vieil aristocrate comme lui puisse s'effondrer. Il vieillit mal.

Comme les autres fois, les questions du juge n'apportèrent rien d'intéressant. On reconstitua les trajets des uns et des autres et les deux poilus bretons, Le Gall et Keriou, tout gonflés d'importance, commençaient déjà à enjoliver leur récit. Dans les deux grandes salles, les blessés parlaient de supprimer les alcôves de manière à mieux surveiller. Quelques armes supplémentaires furent délivrées, les deux officiers, Pesnel et Lebec, organisèrent les rondes et les relèves, et, au milieu de toute cette fébrile activité, Laure d'Amberville, Léontine, sœur Henriette et les autres religieuses continuaient de dispenser soins et médicaments avec le même dévouement et la même conscience. Malgré ses contacts obligés avec les soldats, la fille du comte s'était encore fermée, demeurant plus distante que jamais, mais aussi complètement disponible, de jour comme de nuit, pour soulager les souffrants. Les hommes la respectaient, certains en étaient déjà tombés amoureux et Le Meur, un soir de fièvre, lui avait déclaré sa flamme. Elle n'avait même pas pris la peine de lui répondre.

D'un tacite et commun accord, Célestin était devenu l'auxiliaire officieux du juge Marty, que cette série de crimes plongeait dans la stupéfaction. Lui qui n'avait jamais eu au pire à traiter que la mort d'un chemineau au cours d'une mauvaise rixe se trouvait soudain confronté à l'acharnement d'un assassin mystérieux dont il ne savait qu'une seule chose : il se trouvait forcément dans le château, ou dans ses environs immédiats. On avait même évoqué des souterrains datant du Moyen Âge et qui auraient permis au meurtrier de disparaître et de réapparaître à sa guise, mais l'existence de ces prétendus tunnels restait bien vague et semblait tenir plutôt de la légende ou de la tradition. Célestin restait troublé par la forme qu'il avait vue s'enfuyant dans la nuit, à la fois par sa vivacité, comme on peut s'effrayer parfois d'observer un insecte immobile se déplaçant d'un coup à toute vitesse, et par une sorte de légèreté qui justifiait cette idée de fantôme que s'était faite Le Gall. Profitant de l'émotion qu'avait suscitée la mort du pauvre Galade, et de toute l'agitation des interrogatoires, Célestin avait fait le tour du château, à la recherche de l'endroit où il avait déjà rencontré le bijou perdu par l'assassin. C'était une image floue, qu'il avait accrochée du coin de l'œil, mais il était sûr de lui : il avait déjà vu cette broche. Pendant tout le restant de la journée, il arpenta les couloirs et les antichambres, monta et descendit les escaliers, traversa les cuisines et les salons, détailla les salles de soins, les bureaux, en vain. À l'étage partait un petit escalier rond qui menait de toute évidence en haut d'une tour. Intrigué, le jeune policier gravit les marches de pierre usées par le temps et qu'éclairait faiblement une meurtrière qu'on avait remplie d'un vitrail en losanges. Après quelques tours de colimaçon, le passage était barré par une porte de chêne toute simple qui se fermait à la clenche. Comme Célestin avançait la main pour ouvrir, un air de clavecin se fit entendre. Le jeune homme, doucement, entrouvrit la porte et regarda à l'intérieur. Il découvrit un salon de musique aux murs ornés de tapisseries anciennes. La pièce était en rond, et au centre, assise au clavier, Laure d'Amberville jouait une pièce lente, triste et répétitive. Elle portait sa tenue d'infirmière et paraissait épuisée. Sans doute profitait-elle d'un court répit pour s'évader ainsi dans la musique et dans un monde d'avant la guerre. Le jeune homme l'observa jusqu'à ce qu'elle ait terminé son morceau. Alors, elle croisa les bras sur le piano et y posa le front, avant de se mettre à pleurer. Elle fut bientôt secouée de sanglots qui la firent se plier en deux. Elle resta ainsi, prostrée, puis se leva d'un coup et gagna l'une des étroites fenêtres qui éclairaient le salon. Là, elle demeura immobile, perdue dans son chagrin. Sans faire un bruit, Célestin referma la porte. Il était très ému par ce qu'il venait de voir. Laure d'Amberville portait le plus souvent sur le monde qui l'entourait un regard distant, détaché, qui contrastait avec l'application qu'elle mettait à soigner les soldats blessés. Célestin éprouvait une secrète satisfaction à l'idée que la jeune femme pouvait aussi se laisser aller aux larmes. Tout en redescendant l'escalier de la tour, il détaillait une fois de plus le bijou qui n'avait pas quitté sa main. Où l'avait-il vu ? Sa mémoire défaillante l'associait à un personnage, à un portrait, un tableau sans doute. Aucun de ceux qu'il avait examinés dans la journée ne présentait cette broche si particulière. Les seules pièces qu'il n'avait pas visitées étaient les chambres du comte et de sa fille, où il n'avait jamais mis les pieds, et celle des officiers. Pesnel, précisément, faillit le bousculer au détour d'un corridor. Il avait toujours envers le jeune homme cette condescendance, cette morgue détestables : il ne lui faisait aucune confiance pour mener une enquête aussi délicate.

— Alors, inspecteur Louise, vos déductions ?

— L'assassin n'est pas loin, mon commandant, nous l'avons sous la main. Jusqu'ici, c'est lui qui nous a piégés, mais je ne désespère pas…

— À la bonne heure ! le coupa Pesnel. L'espoir fait vivre. Pour moi, toute cette affaire est d'une grande simplicité. J'ai vu bien des soldats devenir fous sous les bombes, ou pendant les assauts. Nul doute que l'un des hommes hospitalisés ici ne soit l'assassin : il aura perdu la boule, et se met à tuer dès qu'il a une crise. J'ai fait part de cette opinion au juge Marty, et je crois savoir qu'il la partage.

Célestin n'émit aucune objection. Ils arrivaient devant la chambre que Pesnel partageait avec Lebec.

— Je peux entrer un moment ?

L'officier ouvrit de grands yeux stupéfaits.

— Vous pensez que l'assassin est caché sous mon lit ?

Célestin n'avait pas envie de parler du bijou qu'il avait remis au fond de sa poche. Il improvisa.

— Je voudrais revoir le tiroir où vous rangiez votre arme, celle qu'on vous a volée.

— Vous avez une idée particulière ? demanda Pesnel, méfiant.

— Justement non. Mais peut-être avons-nous laissé échapper un indice, un détail ?

— Cela m'étonnerait. Mais si vous insistez...

Il fit entrer à contrecœur le jeune policier dans la chambre. Lebec, occupé à coordonner la surveillance du château, était absent. Célestin se dirigea directement vers le petit bureau où Pesnel rangeait ses affaires. Il fit mine d'examiner le tiroir dans lequel le revolver avait été dérobé. Mais, à peine entré, il avait vu ce qu'il était venu chercher. C'était, au mur, au-dessus de la cheminée, le portrait d'un diplomate du XVIe siècle, qui avait participé à l'entrevue du Camp du Drap d'or. L'homme portait un pourpoint de velours aux armes de la France, un grand collier d'or, des collants blancs et une coiffure à trois pans ornée d'une médaille. Mais ce qui avait frappé Célestin, le détail qu'il ne quittait pas des yeux, c'était la petite broche qui tenait sa cape, une petite broche en forme de serpent dont le peintre avait fait briller l'œil minuscule d'une petite touche de blanc. Le policier s'approcha et lut le nom inscrit sur le cadre, au bas du tableau.

– Josselin de Véquennes... C'est un ancêtre des Amberville ?

– De feu la comtesse, l'informa Pesnel. Elle était née de Véquennes. Vous vous intéressez à la généalogie de la famille d'Amberville ?

– Je me renseigne.

– C'est bien : on n'est jamais trop savant !

L'après-midi touchait à sa fin. La venue de la nuit faisait monter la tension dans les salles et les alcôves dont les blessés refusaient désormais qu'on en fermât les rideaux. Plus personne n'avait le cœur à jouer aux cartes, on parlait des morts, Lerait, Aboubacar, Galade surtout, dont on vantait le courage et dont on regrettait l'accent jovial. Le soupçon empoisonnait l'atmosphère, on se méfiait du voisin, les zouaves avaient mauvaise presse, quand bien même ils ne pouvaient pas avoir pris part au premier meurtre. Le docteur Dorique passait désormais chaque soir, accompagnant la visite des infirmières et vérifiant que tous ses instruments étaient placés sous clef. En cette période de trouble, le major Vincent brillait particulièrement par son absence. Une patrouille de nuit avait été mise en place sous les ordres du premier maître Lebec, elle ferait le tour des salles, vérifiant au passage les antichambres et les escaliers. Un couvre-feu interdisait à tous les blessés de circuler dans le parc après six heures du soir, le jardin et la grande allée étaient strictement interdits d'accès. Assis sur les marches du perron, dans la posture plus raide que lui imposait sa blessure, Célestin réfléchissait à ce qu'il avait découvert. Qui avait pu se servir de la broche en forme de serpent ? Il s'agissait forcément d'un bijou de famille, Célestin se promit de le montrer à Laure d'Amberville. Était-ce une mise en scène macabre, la broche oubliée, volée par l'assassin au fond d'un coffret et abandonnée à dessein pour brouiller les pistes ? Le comte, peut-être, en saurait plus, mais il était encore alité et fiévreux. Une forme sombre s'approcha, furtive, discrète : c'était le père Thiévault, muni du viatique.

— On m'a dit que l'un des vôtres est à la dernière extrémité, murmura-t-il. Un nommé Le Meur, je crois.

— Oui, mon père, vous le trouverez dans la première salle. La fièvre est montée dans l'après-midi, et le docteur Dorique pense qu'il ne passera pas la nuit.

— Pauvre homme… C'est terrible, tous ces jeunes morts. On m'a parlé aussi de cette tragédie qui ensanglante Amberville… Vous pensez réellement qu'il y a un assassin au château ?

— C'est fort possible. Faites attention à vous.

— Oh, moi… Je ne crains rien. Le Seigneur me rappellera à lui quand il le désirera.

Le vieux prêtre monta les dernières marches et, au moment d'entrer dans le château, se retourna vers Célestin.

— Cette guerre atroce fait des blessures jusqu'au fond des âmes. Nous n'avons pas fini d'en souffrir.

Célestin resta quelque temps à scruter les ombres dans la nuit tombante, puis se décida à regagner la salle commune. Comme il passait dans le couloir, il aperçut la vieille Émilienne qui descendait en cuisine. Il la surprit alors qu'elle mettait à égoutter la grosse marmite dans laquelle elle s'obstinait à confectionner chaque jour un potage que les hommes, fatigués par la chaleur, ne goûtaient plus que du bout des lèvres. Elle s'effraya, avant de le reconnaître. Elle désigna la bouteille de cidre ; il acquiesça et se laissa servir.

— Vous êtes au château depuis longtemps, Émilienne ?

La muette hocha la tête et, plaçant sa main à la hauteur du genou, fit le geste qui désignait un enfant.

— Depuis toute petite ? Alors vous avez connu Mme d'Amberville, la mère de Laure ?

Émilienne acquiesça et leva les yeux au ciel, exprimant sa tristesse.

— Elle était bien jeune quand elle est décédée ?

La cuisinière composa avec ses doigts le chiffre trente et un.

— Et Laure avait quel âge ?

La vieille femme indiqua deux ans. La jeune d'Amberville avait donc grandi sans la tendresse d'une mère, élevée par le comte et les domestiques et probablement souvent livrée à elle-même. Cela pouvait expliquer son côté sauvage, son goût de la solitude. Reconnaîtrait-elle le bijou qui avait appartenu à sa mère ? Célestin commençait à penser que le comte et sa fille avaient leur idée de l'assassin, et qu'ils avaient peut-être même de bonnes raisons de se taire. Mais il ne fallait pas compter sur le gros Marty pour leur poser les bonnes questions ! Célestin termina son verre de cidre et à tout hasard, avant de partir, lança à Émilienne :

– Elle est morte de quoi, la comtesse d'Amberville ?

La muette prit une mine catastrophée et fit le geste d'une chute.

– Elle est tombée ?

Émilienne hocha la tête en poussant un grognement d'insatisfaction. Elle montra la fenêtre et refit son geste.

– Par la fenêtre ? Elle est passée par une fenêtre ?

La cuisinière émit un son guttural qui pouvait passer pour un oui. Il y avait donc déjà eu un drame au château, bien des années auparavant. Mais dans quelles circonstances ? Une dispute ? Un accident ? Un acte de désespoir ? Émilienne, brusquement, s'était mise à faire « non » de la tête. Elle avait emporté le verre et la bouteille et tourné le dos à Célestin. Elle s'en voulait d'avoir évoqué cette tragédie, d'avoir dévoilé à un étranger le secret de ses maîtres, un passé maudit dont il ne fallait pas parler. Elle évita même le regard du jeune homme et disparut dans la buanderie.

Célestin remonta rapidement jusqu'à l'entrée. Il faisait maintenant complètement nuit, un rayon de lune frappait en oblique les vitres de la porte, marquant d'un halo blafard, au sol, le damier du carrelage.

— Qui va là ?

Un fusil braqué sur lui, le visage inquiet d'une des sentinelles postées par Lebec : les salles étaient désormais bien gardées.

— C'est moi, Louise.

Le nom de Célestin était désormais connu de tous les blessés, on savait qu'il était flic et qu'il enquêtait de son côté. À vrai dire, les soldats lui faisaient plus confiance qu'au gros juge d'instruction flanqué de ses deux gendarmes.

— C'est bon, tu peux passer.

— Le vieux curé est toujours là ?

— Il vient de partir. Le Meur a calanché, l'aumônier a tout juste eu le temps de lui donner les sacrements.

Mais Célestin n'écoutait plus. Il se précipita dehors, dévala les marches du perron et courut dans la grande allée. L'ombre frêle du prêtre s'éloignait dans la nuit, le jeune homme le rattrapa. En l'entendant s'approcher, le père Thiévault se retourna vivement, il n'était pas aussi rassuré qu'il le prétendait.

— Vous rentrez à pied ? s'étonna Célestin.

— Ma bicyclette a rendu l'âme il y a quelques mois, et c'est aussi bien comme cela : j'ai mes raccourcis, et les promenades dans la campagne me laissent en tête à tête avec Dieu. Notre regard sur la nature est aussi, parfois, une prière.

Comme pour accompagner ses paroles, un souffle de brise vint caresser les marronniers dont les feuilles se mirent à chuchoter. Célestin régla son pas sur celui du vieil homme.

— Qu'est-il arrivé à Mme d'Amberville ?

— Ah... Voilà que vous fouillez le passé... Croyez-vous que tout cela ait une quelconque importance aujourd'hui ? Le présent n'est-il pas déjà suffisamment compliqué ? Nous ferions mieux de laisser tranquille le souvenir de cette pauvre femme.

— C'est pourtant une mort lourde à porter pour le comte et pour sa fille. La comtesse s'est-elle suicidée ?

— Tout cela n'a été qu'un horrible accident. J'ai célébré pour elle la messe des défunts, et je veux croire que le Seigneur l'a accueillie en sa sainte grâce.

— Elle est tombée d'une fenêtre, c'est cela ?

— Pourquoi venir me tourmenter, jeune homme ? Vous trouverez tous les détails que vous désirez dans les rapports de la gendarmerie.

— Ce n'est pas un rapport de gendarmerie qui me dira qui était la comtesse d'Amberville, ni pourquoi elle s'est jetée d'une fenêtre du château.

— C'est votre idée fixe... Vous en savez sans doute plus que moi.

— Oh non ! Mais dites-moi au moins ce qui s'est passé après.

— Rien de spectaculaire. Le comte s'est montré d'un courage exemplaire, il a élevé sa fille avec attention et tendresse.

— Il n'a jamais pensé à se remarier ?

— Pas à ma connaissance. Il était l'homme d'une seule femme.

Ils étaient parvenus à la grille du parc.

— Une question encore, mon père. La comtesse d'Amberville souffrait-elle d'un chagrin, d'une douleur…

— J'étais son confesseur, jeune homme. Vous ne vous attendez tout de même pas à ce que j'enfreigne la loi du silence que m'impose ma fonction ?

— Même si c'est pour empêcher d'autres crimes ?

— Encore une fois, laissez en paix le souvenir de Mme d'Amberville. Elle a eu plus que sa part de souffrance et, croyez-moi, elle a mérité son paradis.

Le vieux curé tourna les talons et s'éloigna dans la nuit. Célestin le suivit des yeux jusqu'à ce qu'il s'engageât dans un chemin creux où il disparut. Le policier revint lentement vers le château, passant en revue les éléments de son enquête : trois soldats morts, un revolver, un scalpel, une arbalète, un bijou de famille, le suicide probable de la comtesse… Tandis qu'il descendait l'allée, les personnages du drame se présentaient un à un à son esprit : ses compagnons de souffrance, d'abord, et surtout Lerait et Galade, et aussi Aboubacar qui était venu d'Afrique pour mourir dans un château de France ; le docteur Dorique, les infirmières, Émilienne la muette, le major Vincent, les deux officiers Pesnel et Lebec, le gros Marty et son greffier, les gendarmes hostiles, le comte d'Amberville, terrassé par l'émotion, et, pour finir, sa fille Laure qui semblait vivre entre deux époques, entre deux mondes, dans l'ombre d'une mère absente. Il revit la jeune femme se levant en larmes et se postant à la fenêtre du petit salon rond. Sur qui pleurait-elle ? Sur sa mère, disparue si vite ? Sur elle-même ? Ou bien partageait-elle la souffrance des soldats dont elle soignait chaque jour les corps meurtris et les âmes terrassées ?

Comme il parvenait au niveau de la mare où l'on avait retrouvé le corps de Lerait, Célestin se sentit observé. Il faisait noir sous les frondaisons, il s'en voulut soudain de n'avoir pas pris d'arme. Sans défense, que pouvait-il faire contre un ennemi tapi dans l'ombre et résolu à tuer ? Sur sa gauche, au-dessus du talus qui lui dissimulait la pièce d'eau, il vit nettement un buisson s'agiter, comme traversé par un gros animal. Il se jeta contre un arbre et s'accroupit, essayant de distinguer quelque chose. Une fois encore, les branchages remuèrent, puis il y eut un bruit de fuite, puis plus rien. Après quelques secondes d'hésitation, Célestin quitta son abri et s'avança. Il escalada le talus. La lune se brisait en éclats d'argent sur la surface de la mare brouillée par une risée. Tout, autour, semblait tranquille. Le jeune policier se repéra sans difficulté, il avait suffisamment arpenté les berges herbeuses à la recherche de l'arme qui avait tué Lerait. Une effraie, dans un arbre, tout près, poussa son hululement. Attentif au moindre craquement, au plus léger mouvement des ombres, Célestin s'approcha de l'eau. Il eut soudain un haut-le-cœur : une main, inerte, s'était agrippée sur le bord. Il se mit à courir, trébucha sur une motte de terre, tomba le nez dans l'herbe, se releva et tendait déjà le bras vers la main immobile quand il s'arrêta, stupéfait : il ne s'agissait pas d'une main mais d'un gant, un gant de cuir fauve étalé sur le tronc naissant d'un tout jeune saule pleureur. Célestin se saisit du vêtement qu'il avait déjà identifié : c'était un des gants que portait Laure d'Amberville lorsqu'elle l'avait croisé à cheval, pratiquement au même endroit. Le policier resta un moment interdit, puis une évidence s'imposa à lui : la jeune femme était en danger. C'était elle que le tueur, cette nuit, avait prise pour cible. Comme un fou, il sauta le talus et redescendit la grande allée. Il déboucha hors d'haleine sur l'esplanade, devant le château, et hurla :

— Célestin Louise ! Laissez-moi passer !

En haut du perron, la porte s'ouvrit, laissant apparaître le visage inquiet de la sentinelle qui l'avait déjà intercepté.

— Qu'est-ce qui vous arrive ?

— Est-ce que, par hasard, vous avez vu passer Mlle d'Amberville ?

— Non… Non, pas depuis les soins.

Célestin s'élança à travers les deux salles, réveillant au passage les hommes qui dormaient, s'attirant des questions auxquelles il n'avait pas le temps de répondre.

— Qui va là ? C'est l'alerte ? Où tu cours comme ça, Louise ?

À l'autre bout du château, Lebec avait placé une seconde sentinelle qui barra le chemin du policier.

— Halte-là !

— C'est moi, Célestin Louise ! Laisse-moi passer, bon Dieu !

— Où tu vas ?

— À l'étage. Tu n'as pas vu Laure d'Amberville ?

Le soldat, pas plus que son collègue, n'avait aperçu la jeune femme. Célestin se jeta dans l'escalier et grimpa quatre à quatre les larges degrés de pierre. Les marches débouchaient sur un salon d'apparat qui menait directement au couloir des chambres. La lune, qui commençait à descendre, frappait en plein le mur de tuffeau, lui donnant un éclat surréel. Le jeune homme reconnut l'armure à laquelle, désormais, manquait l'arbalète qui avait servi à tuer Galade. Une forme blanche sortit furtivement d'une des chambres et s'arrêta net en voyant débouler le jeune homme. Célestin reconnut la sœur Henriette, portant un plateau chargé d'une tasse vide.

— Que vous arrive-t-il, monsieur Louise ?

— C'est la chambre du comte ?

— Oui. Mais ne faites pas de bruit, il vient de s'endormir et il a grand besoin de repos. Les derniers événements l'ont accablé. Il parle même de fermer le château, alors que nous avons tant besoin de cet hôpital !

— Où se trouve la chambre de sa fille ?

— Elle est là, juste à côté. Vous n'allez pas la déranger ? Elle aussi est très fatiguée.

— Il faut que je la voie, ma sœur. Je viens de retrouver son gant près de la mare, je crains qu'il ne lui soit arrivé quelque chose.

— Cela m'étonnerait : je l'ai croisée lorsqu'elle montait se coucher, elle ne semblait pas particulièrement inquiète enfin, pas plus que nous ne le sommes tous en ce moment.

— S'il vous plaît... Je voudrais juste m'assurer qu'elle va bien.

Et comme une preuve absurde, Célestin agitait le gant de la jeune femme sous le nez de sœur Henriette. La religieuse, troublée par l'anxiété du jeune homme, posa son plateau sur un guéridon et fit signe à Célestin de la suivre. Elle s'avança jusqu'à la porte de la chambre et frappa tout doucement, sans obtenir de réponse. Célestin n'y tint plus. Il écarta sœur Henriette et tourna la poignée : la porte n'était même pas fermée à clef.

— Elle ne tire pas le verrou ? murmura Célestin. Dites-lui qu'il faut qu'elle se protège.

— Dites-le-lui vous-même !

— Je ne suis pas certain qu'elle m'écoute.

Il mit son doigt sur ses lèvres pour intimer le silence, et ouvrit la porte. Par la grande fenêtre que ne protégeaient ni volets ni rideaux, le clair de lune donnait suffisamment de lumière pour distinguer la coiffeuse, un petit bureau, deux fauteuils et, au mur, une simple photographie encadrée, celle d'une femme portant chapeau et robe à tournure, à la mode de la fin du siècle précédent. La ressemblance avec Laure était frappante : ce ne pouvait être que sa mère. La photo était fleurie de quelques violettes cueillies au jardin. Sans un bruit, Célestin s'avança vers le lit. Là, immobile, Laure d'Amberville dormait, le visage enfoui dans l'oreiller. Un instant, le policier fut pris d'un doute : était-elle encore en vie ? À ce moment, comme si elle avait senti l'intrusion dans sa chambre, la jeune femme se retourna en poussant un gémissement étouffé. Dans son mouvement, elle avait fait glisser sa chemise, dévoilant sa poitrine. La main de sœur Henriette tira Célestin en arrière. Ils quittèrent la pièce, aussi gênés l'un que l'autre. En se retirant, le policier posa le gant en évidence sur un guéridon.

– Vous voilà rassuré ? demanda sèchement la religieuse.

Le jeune homme acquiesça. Il était soulagé de voir que ses craintes n'étaient pas fondées, mais la présence du gant de Laure d'Amberville près de la mare demeurait une énigme. Avait-on voulu l'avertir ? Lui faire peur ? Cela n'entama en rien sa détermination. Il décida de se munir d'une arme à l'avenir, d'autant que la suite de son enquête allait l'éloigner du château.

CHAPITRE 8

Le Diable Bleu

Dans un coin du cimetière d'Amberville, on enterra le même jour les quatre soldats morts : Lerait, Aboubacar, Galade et Le Meur, sur qui courait une absurde rumeur d'empoisonnement. Le père Thiévault fit un sermon simple et touchant dans lequel il reprit son thème de la guerre qui tue les âmes aussi bien que les corps. C'était encore une journée très chaude, tout semblait s'écraser, se rapetisser sous le grand ciel bleu. Les quatre croix de bois enchevêtrées qui attendaient d'être dressées sur les pauvres tombes composaient une forme complexe et absurde, au blanc éclatant. Le juge Marty n'avait pas fait le déplacement, mais les deux gendarmes étaient là, qui jetaient alentour des regards soupçonneux. Du château étaient venus les officiers Pesnel et Lebec, ainsi que le comte, encore affaibli, soutenu par sa fille. Les deux Bretons, Le Gall et Keriou, avaient accompagné Célestin. Deux fossoyeurs impassibles et hors d'âge accomplissaient leur triste besogne. Quelques veuves du village étaient aussi présentes, l'une d'elles déposa en pleurant un modeste bouquet près des sépultures. Le Gall, ému, se tourna vers son « pays » :

— Sûr que son bonhomme s'est fait descendre au front !

Keriou acquiesça, lui aussi avait la larme à l'œil. La cérémonie fut brève, personne n'avait envie de s'attarder devant les tombes, tant à cause de la chaleur qui montait que du mystère qui entourait les crimes. Célestin s'était renseigné auprès du gendarme le moins bête, qui lui avait indiqué comment se rendre au bois des Tuffes. Il fallait simplement poursuivre la petite route qui passait devant le cimetière puis, dans une montée, prendre à droite un chemin de terre.

— Vous pensez attraper le Diable Bleu à vous tout seul ? ironisa le pandore.

— Ça ne coûte rien d'aller faire un tour.

— Vous avez raison, la promenade est jolie. Et, s'il vous arrive quelque chose, vous savez où vous finirez.

Il désignait le coin du cimetière où reposaient désormais les quatre soldats.

— Merci, brigadier. Mais, dites-moi, pourquoi n'avez-vous pas organisé de battue pour le déloger ?

— Une battue ? Avec quels hommes ? Il ne doit pas rester quatre hommes valides au village, et ils ont autre chose à faire qu'à courir après ce pauvre type. Il finira par se rendre tout seul. En attendant, je ne pense pas qu'il soit vraiment dangereux. D'après les gens qui l'ont croisé, c'est un misérable qui n'a plus toute sa tête.

Célestin se rappela le témoignage de Dorique. Il hocha la tête et s'éloigna rapidement. De loin, le père Thiévault lui fit un petit signe de la main. Déjà, le comte et sa fille, après un moment de recueillement sur la tombe de la comtesse, étaient montés en voiture à cheval, accompagnés par les deux officiers, pour rentrer au château. Le policier n'avait pas encore trouvé l'occasion d'interroger la jeune femme à propos du bijou perdu, et il avait noté que ce n'était plus elle qui venait le soigner. Avait-elle trouvé son gant ? Pourquoi ne lui en parlait-elle pas ? Décidément, le comportement de Laure d'Amberville lui échappait. Le Gall et Keriou s'en allaient à pied, en parlant de Dol-de-Bretagne, d'où ils étaient tous deux originaires. Les femmes en noir, comme un vol de corbeaux, s'égaillèrent vers le village. La petite route mal empierrée se perdait d'abord dans un paysage de bocage fermé de haies. Des rosiers sauvages y semaient leurs fleurs blanches et, de chaque taillis, de chaque arbre, fusaient des gazouillis, trilles rauques ou sifflements joyeux lancés par les bouvreuils, les merles et les rouges-gorges. Au détour d'un virage, les petits champs cédaient la place à une étendue herbeuse où affleuraient quelques rochers rouges. La route commençait à grimper et, au bout de trois cents mètres, Célestin trouva le départ du petit chemin qui menait au bois des Tuffes. Il traversait d'abord une lande de genêts jaune vif puis, d'un coup, s'enfonçait sous les arbres. Très vite, Célestin se trouva comme isolé du monde, dans une épaisseur de feuillages et de troncs où se perdait la lumière du jour d'été. Les oiseaux se taisaient, le jeune homme n'entendait plus que le bourdonnement des grosses mouches noires et la plainte agaçante des moustiques. Malgré la chaleur, le policier avait à dessein remis son uniforme, veste et pantalon bleu horizon, ceinture et bandes molletières. Après avoir hésité, il avait renoncé à prendre une arme. Il ne portait à la ceinture que la baïonnette réglementaire, trop longue à défourailler en cas de danger immédiat. Il marchait rapidement, en faisant le plus de bruit possible. De temps en temps, il s'arrêtait brusquement pour écouter mais la forêt demeurait silencieuse, impénétrable. Après un bon quart d'heure de marche, le sentier croisait un ruisseau sur lequel on avait jeté un pont rudimentaire, quelques planches hâtivement clouées sur deux troncs d'arbres couchés en travers du cours d'eau. Au lieu d'emprunter la petite passerelle, Célestin décida de suivre le ruisseau. Quittant le sentier, il s'aventura en plein bois, se guidant sur le murmure de l'eau qui disparaissait parfois sous les hautes fougères puis revenait scintiller sous un trait de lumière que laissait passer un trou dans les hautes frondaisons. La marche du jeune homme devint malaisée, des ronces s'agrippaient au tissu de son pantalon, des branches mortes dissimulées sous les feuilles le faisaient trébucher et il ne se retenait pas de pousser des jurons sonores. Un fourré plus dense l'obligea à changer de rive. Il s'aida d'une grosse pierre ronde pour franchir le ruisseau. C'est au moment où il mettait le pied de l'autre côté que

Célestin repéra l'éclat métallique au fond de l'eau. À cet endroit précis, un rayon de soleil venait jouer avec les feuilles des arbres mollement agitées par la brise paresseuse. À intervalles réguliers, il venait frapper un rond de métal retenu entre deux cailloux couverts de mousse verte. Le policier s'agenouilla et, se tenant d'une main au tronc d'un jeune bouleau, plongea l'autre dans l'eau fraîche. Il n'eut aucun mal à récupérer l'objet dont une partie était enfoncée dans la vase du fond. Il le rinça et l'égoutta. C'était une boîte de conserve vide, il en restait même un fragment d'étiquette que le jeune homme connaissait trop bien : la boîte avait contenu une ration de *corned-beef*, cet aliment de base que les poilus, dans les tranchées, avaient surnommé « le singe ». En partie rouillée, la boîte devait être là depuis un bon moment. Célestin la coinça, bien en évidence, sur la fourche d'un arbrisseau, et reprit sa marche à travers bois.

Malgré l'ombre des arbres, la chaleur se faisait de plus en plus pesante. Célestin transpirait dans sa veste militaire qu'il avait laissée ouverte. À deux reprises, il trouva des traces de celui qu'il cherchait. D'abord, à l'ombre d'un grand chêne, près des restes d'un feu, les os d'un petit animal et, plus loin, sa peau étalée sur un gros caillou. Ensuite, à l'orée d'une clairière, une cabane rudimentaire avec, à l'intérieur, un lit de branches et de feuilles. En l'examinant, Célestin découvrit une cache, en fait un simple trou dans la terre dissimulé par une pierre plate. La cachette abritait une boîte en fer dans laquelle le déserteur avait glissé ses papiers militaires. Il s'appelait Eugène Coussan, il était né le 5 août 1880 à Buchy, et faisait profession d'ouvrier agricole. Il avait été affecté au 78e régiment d'infanterie, 14e compagnie, deux fois cité à l'ordre de l'armée pour faits de bravoure face à l'ennemi, blessé au bras, hospitalisé puis réintégré au bout d'un mois. Un dur. Et puis quelque chose s'était déréglé, une atrocité de trop, un compagnon éventré, un bombardement plus long, plus meurtrier que les autres ou, tout simplement, la peur longtemps maîtrisée qui, au moment de l'assaut, se déchaînait un jour en vague irrépressible. Alors il avait déserté et s'était retrouvé là, au milieu de ce bois, où on lui prêtait toute la malveillance du monde. Célestin rangea les papiers et remit la boîte dans sa cachette. Il jeta un dernier regard à la pauvre tanière où se résumait toute la déchéance d'un homme puis sortit. Il n'eut pas le temps de faire un pas dans la clairière. Il se sentit soulevé de terre par une force terrifiante, puis se retrouva allongé sur le ventre, le nez dans l'herbe. Son assaillant lui enfonçait un genou dans les reins et pesait sur lui de tout son poids, le réduisant à l'immobilité.

— Halte-là qui va là ! Halte-là qui va là ! hurla dans ses oreilles une voix haut perchée qui lui vrillait les tympans.

— Soldat Célestin Louise, 134e régiment, 22e compagnie, 3e section, cria le policier, le plus fort qu'il put.

L'autre, déconcerté par l'automatisme de la réponse, relâcha un peu son étreinte.

— C'est toi, Coussan ? interrogea Célestin. T'es bien du 78e ?

— 14e compagnie, 2e section ! confirma le déserteur. Tu es tout seul ?

— Je ne te veux aucun mal, Eugène. Je veux juste parler avec toi.

Affolé, le Diable Bleu se fit de nouveau plus lourd sur le dos de Célestin et le prit à la gorge.

— Je n'ai rien à dire ! Rien à dire !

— Je viens du château d'Amberville ! Il y a des morts, là-bas.

— Je ne sais pas ! Je ne sais rien !

Il commençait à l'étrangler. Se débattant avec l'énergie du désespoir, Célestin réussit à se retourner. Une douleur poignante lui déchira son épaule blessée. Il vit au-dessus de lui le visage maigre et crasseux, mangé de barbe, du déserteur. Sous les mèches en bataille de ses cheveux trop longs, ses deux yeux noirs brillaient d'un éclat maladif. De sa main valide, le policier parvint à desserrer l'étau qui lui broyait la gorge. Il se souvint des paroles du docteur Dorique.

— Je sais bien que tu n'as rien fait, Eugène ! Je veux seulement te causer. Et c'est qui, les mauvais hommes ?

À l'évocation des « mauvais hommes », le visage du pauvre Coussan se décomposa. Il se releva d'un coup et s'enfuit en courant. Célestin se lança à sa poursuite. Familier de la forêt, le déserteur se déplaçait avec facilité entre les arbres, choisissant d'instinct les passages les plus accessibles, évitant les troncs tombés à terre, les rochers affleurant dissimulés par les feuilles mortes ou les fouillis de ronces trop épais. Affaibli par sa convalescence, le jeune policier avait du mal à le suivre. Ils avaient retrouvé le cours d'eau qui allait s'élargissant, et ils en suivaient le courant. Une perdrix affolée s'envola sous ses pieds en battant frénétiquement des ailes. Célestin, à bout de souffle, allait abandonner quand, d'un coup, la forêt s'éclaircit autour d'une petite anse naturelle où se déversait la rivière. Une grande roche plate, posée au bord de l'eau sous les ramures d'un vieux chêne, invitait au repos dans une fraîcheur inattendue. Le jeune homme s'avança, s'accroupit sur la rive et recueillit au creux de sa main un peu d'eau fraîche qu'il se passa sur le visage. Il régnait dans ce creux de verdure un calme apaisant que même les oiseaux et les insectes semblaient respecter. Au-dessus de la surface de l'eau, deux papillons blancs s'amusaient avec leur reflet. Coussan avait disparu mais un cri lancinant alerta Célestin, c'était un long gémissement qui tenait à la fois des pleurs d'un enfant et de la plainte d'un blessé. Cela venait d'un peu plus haut.

Doucement, le policier escalada la petite butte plantée de hêtres et de bouleaux et découvrit le déserteur, prostré, hagard, replié sur lui-même et se balançant compulsivement d'avant en arrière. Il murmurait un discours incohérent, une litanie douloureuse qui s'exaspérait parfois en cri ou redevenait sanglot. Devant lui, dans le sous-bois, s'alignaient trois levées de terre, trois tombes rudimentaires sur lesquelles on avait pris la peine de planter trois croix faites de branches. Célestin se dit que, décidément, c'était la journée des sépultures. Il s'avança jusqu'aux tombes sans provoquer de réaction du pauvre diable qui continuait à gémir et à proférer d'indistinctes supplications.

— Ce sont eux, les mauvais hommes ? demanda le policier en désignant les trois monticules.

— Les mauvais hommes ! Les mauvais soldats ! hurla Coussan.

— Qu'est-ce qu'ils ont fait ? Qu'est-ce qu'ils t'ont fait ?

— Non, non, ils n'avaient pas le droit… Ils sont devenus fous.

— Ils n'avaient pas le droit de quoi, Eugène ?

Célestin s'accroupit en face du déserteur et lui mit la main sur l'épaule. Ce simple contact calma le pauvre bougre qui releva la tête et cessa ses imprécations. Le policier sortit de la poche de sa veste un morceau de pain, un bout de chocolat et une pomme, et les tendit à Coussan qui s'en empara et se mit aussitôt à les dévorer.

— Tu ne peux pas rester dans cette forêt, Eugène. On ne va pas te renvoyer dans les tranchées. Je ne suis même pas sûr qu'on te mette en prison. Alors reste pas là, tu fais peur aux gens, et un jour, ils te le feront payer.

— Non, pas elle ! Elle, elle m'aime.

— Elle ? De qui tu parles ? Léontine ? Émilienne ? Une des bonnes sœurs ?

— Non : la dame du château.

Célestin resta stupéfait. Au château, il n'y avait qu'une dame, c'était Laure d'Amberville. Qu'avait-elle à voir avec ce Diable Bleu, ce demi-fou redevenu sauvage et survivant comme il pouvait au milieu des bois ?

— Tu connais Mlle d'Amberville ?

— Laure.

S'engagea alors un dialogue haché, parfois absurde, au cours duquel Célestin arracha au déserteur une incroyable vérité, à la fois simple et terrible. Par recoupements, par questions élémentaires qu'il posait plusieurs fois, en rafales, et auxquelles il obtenait des bribes de réponses, le policier reconstitua ce qui s'était passé quelques mois plus tôt, à l'automne précédent. Célestin comprit qu'une partie du récit du déserteur venait de Laure d'Amberville elle-même. D'après ce que laissaient entendre les phrases heurtées de Coussan, la jeune femme avait pris l'habitude de venir se baigner dans le creux de rivière, près du rocher plat. Elle venait à cheval, coupant à travers bois, un peu avant l'heure de midi. Elle se baignait nue, dans une communion sensuelle avec la nature, et la vue de cette beauté avait ébloui Eugène. Chaque jour, partagé entre le désir et la honte, il venait l'épier et la surprendre au bain. À plat ventre dans l'herbe, immobile comme elle, il la regardait s'offrir au soleil, étendue sur la roche plate. Elle, semblait-il, ne l'avait jamais vu. Et puis un jour, trois visiteurs étaient venus déranger ce rituel. Ces trois hommes, elle les connaissait, elle les avait soignés au château, dans les deux grands salons transformés en salles d'hôpital, elle s'était occupée d'eux, avait pansé leurs blessures, lavé leurs plaies, préparé leurs médications. C'était trois soldats revenus du front, éclopés et convalescents. Le dévouement permanent de Laure d'Amberville, sa compassion pour leurs souffrances, bien loin d'éveiller leur reconnaissance, avait au contraire excité leurs instincts les plus bas. Des plaisanteries grossières les avaient rapprochés, et ils s'étaient juré entre eux de posséder un jour la jeune femme. De gré ou de force. Leurs tentatives de séduction, maladroites et déplacées, avaient forcément échoué. Repoussés avec indifférence, ils en avaient conçu un ressentiment nouveau auquel venait se mêler un désir de violence que la douceur de Laure d'Amberville ne faisait qu'exacerber. Alors, leur guérison complète approchant et avec elle leur départ du château, ils avaient commencé à espionner la jeune femme, d'abord dans l'espoir de lui découvrir une tare secrète grâce à laquelle ils auraient pu avoir barre sur elle puis, ne trouvant rien, dans l'idée obsessionnelle de passer à l'acte. Ils avaient noté ses promenades à cheval, à l'heure du déjeuner. La suivant de loin en loin, ils avaient reconstitué en quelques jours son itinéraire quotidien et repéré la roche plate près de la rivière. Le premier qui avait pu se rincer l'œil en était revenu fou d'excitation. Les deux autres lui avaient demandé d'innombrables détails qu'il avait rapportés avec gourmandise, ou, quand il ne savait pas, inventés avec un surcroît de vulgarité. Dès lors, ils ne pouvaient plus guère retarder leur expédition barbare.

Ils survinrent au moment où elle nageait. Elle ne les avait pas vus. L'un d'eux s'empara des vêtements de la jeune femme et les emporta dans un fourré. Puis ils se cachèrent et attendirent qu'elle revînt. Plus haut, le Diable Bleu avait tout vu. Il hésitait à crier, à se démasquer. Lui non plus n'aurait pas dû se trouver là. Il resta tétanisé quand il vit les trois hommes maîtriser leur victime et la coucher brutalement sur la berge. L'un d'eux lui tenait les bras, l'autre les jambes pendant que le troisième la forçait. Le cri de douleur et de terreur de Laure galvanisa brusquement le déserteur. Il avait conservé du front un de ces coutelas à large lame que l'armée leur avait distribués en vue des corps à corps dans les tranchées. Le tirant de son étui, il se laissa débouler le long de la pente herbeuse et tomba comme la foudre sur les trois violeurs. Il tira le premier par les cheveux et l'égorgea d'un coup sec. Le sang jaillit, éclaboussant les deux autres et souillant le corps de la jeune femme qui se mit à hurler sans discontinuer. Déjà, Coussan avait enfoncé la lame de son couteau dans le ventre du deuxième soldat qui poussa un cri sourd et se laissa tomber. Le troisième voulut s'échapper, il trébucha, glissa dans la rivière, s'assomma à demi sur une grosse pierre. Le Diable Bleu l'acheva de trois coups dans le dos, le corps demeura immobile, moitié dans l'eau et moitié sur la terre, avec un filet rougeâtre que le courant emportait. Laure s'était redressée, hagarde, le corps couvert de sang. Elle replia les bras sur elle et se mit à sangloter. Coussan prit le temps de laver la lame de son couteau dans la rivière, le remit dans son étui et s'approcha, maladroit, embarrassé.

— Les mauvais hommes, murmura-t-il.

Laure leva les yeux vers lui. Il n'osait pas lui sourire, il se détourna et se précipita vers le fourré où le soldat avait dissimulé les vêtements de la jeune femme. Il revint avec et les tendit à Laure.

— Merci… je dois d'abord me laver… Ne me regardez pas.

Le déserteur lui tourna ostensiblement le dos et s'assit sur une souche. La jeune femme se plongea dans l'eau froide et se débarrassa du sang qui recouvrait son ventre et sa poitrine. Elle était encore secouée de spasmes de terreur. Elle ressortit de l'eau et, toute mouillée, enfila ses habits en tremblant. Les larmes continuaient de lui couler sur les joues, sans qu'elle pût les retenir.

— Et après ? demanda Célestin.

— Après ? Elle est partie. Avec son cheval.

Il avait fallu plus d'une heure au policier pour reconstituer toute la scène, à partir des bribes de phrases qu'il avait tirées du déserteur. Le soleil était à son plus haut, plus un souffle de vent. Les arbres s'étaient figés comme sur un décor de théâtre. Des myriades d'insectes minuscules formaient des nuages vibrionnant et pourtant immobiles, comme enclos dans des sphères mystérieuses suspendues entre les arbres. Célestin essuya la sueur qui lui perlait au front et se tourna vers les trois sépultures. Il ne serait sans doute pas très difficile de retrouver les noms des trois soldats, qui devaient faire l'objet d'avis de désertion. Fallait-il rapporter les circonstances exactes de leur fin sordide ? Il était évident que Coussan n'avait plus toute sa tête et que, compte tenu de la situation, il serait probablement acquitté puis interné dans un asile. À la désertion viendrait s'ajouter, pour les trois disparus, le crime de viol. Un viol que Laure d'Amberville n'envisageait sans doute pas de rendre public. Un jour ou l'autre, un garde forestier remarquerait les tombes et le triple meurtre serait forcément attribué au Diable Bleu. Célestin décida de laisser faire le hasard et le temps. Mais, après ce nouveau drame et l'histoire du bijou, il fallait de toute urgence qu'il s'entretienne avec Laure d'Amberville.

– Tu revois Mlle d'Amberville ? Elle est revenue depuis ce jour-là ?

– Elle m'apporte à manger. Du pain, du jambon. Et à boire, aussi.

Un vague sourire éclaira le visage du déserteur. Il sortit d'un trou d'herbe une bouteille de vin, semblable à celles qu'on servait au château, à la table des officiers. Il en ôta le bouchon, but au goulot une longue rasade et la proposa à Célestin qui refusa.

– Tu vois bien que tu ne peux pas rester ici, avec ces morts tout près. Viens avec moi, je…

Il n'eut pas le temps d'en dire plus. Le Diable Bleu avait refermé sa bouteille, l'avait glissée dans la poche de sa veste et, en quelques secondes, avait disparu entre les arbres. Cette fois, Célestin renonça à se lancer à sa poursuite. Seul, il aurait de toute façon été incapable de le maîtriser et de le ramener au château. Mais ce qu'il avait appris donnait un éclairage nouveau à son enquête.

En suivant le cours d'eau, le policier retrouva le petit pont et le chemin d'Amberville. Moins tendu qu'à l'aller, il prit le temps d'apprécier le calme de la forêt et la douceur des sous-bois. Comme son épaule, touchée au moment de sa lutte avec le Diable Bleu, le faisait à nouveau souffrir, il s'assit au pied d'un arbre pour se reposer un instant. Un écureuil curieux vint à le toucher puis, effrayé par sa propre audace, se réfugia bien vite au sommet d'un hêtre. Célestin, qui commençait à avoir faim, allait reprendre sa marche quand un coup de feu déchira le silence. Son écho assourdissant roula sous les ramures. La balle avait sifflé aux oreilles du jeune homme qui se jeta à terre.

– Eugène ! Tu ne vas pas me tirer dessus, nom de Dieu !

Il savait bien, pourtant, que ce n'était pas le déserteur qui l'avait visé, Coussan n'avait pas d'arme à feu, ni sur lui, ni dans sa cabane. Mais il était important que son agresseur pensât le contraire. Il avait désormais sa petite idée sur l'enchaînement des récents événements. Les meurtres au château, l'arbalète, la broche, le gant près de la mare, tout cela devenait cohérent, les pièces du puzzle commençaient à s'emboîter. Un nouveau coup de feu, et une balle vint se ficher dans un tronc d'arbre, tout près. En un geste dérisoire, Célestin sortit la baïonnette qu'il avait à la ceinture. Sans risquer un mouvement, il demeura tapi dans les fougères, s'écrasant contre le sol comme il avait appris à le faire au front, sous le feu des mitrailleuses boches, quand la survie dépendait du moindre creux de terrain. Il attendit de longues minutes, observant un rayon de soleil qui commençait à descendre le long d'un tronc. Et puis il y eut un galop de cheval, au loin. Et puis plus rien. C'était peut-être une ruse, mais le policier prit le risque de se relever et de s'avancer, se protégeant du mieux possible derrière les arbres. Il progressa de cette façon, parallèlement au chemin, jusqu'à sortir du bois des Tuffes. Là, sur l'espace plus dégagé qui menait à la route d'Amberville, il n'y avait personne. Après un moment d'hésitation, Célestin quitta l'abri du sous-bois et marcha jusqu'à la route. Une charrette de foin tirée par un cheval étique et menée par un vieux paysan passait au même moment. Le policier obtint la permission de s'asseoir près du vieil homme, qui remontait vers le village. Ils engagèrent la conversation. Le paysan, pourtant intrigué, n'osait pas poser de question. Célestin, au contraire, l'interrogea.

— Vous n'avez croisé personne à cheval ?

— Ce serait bien extraordinaire : tous les chevaux, par ici, ont été réquisitionnés, sauf ceux du comte et ma vieille carne, qui n'est même plus bonne pour l'équarrisseur !

— Le comte monte à cheval ?

— Montait. Autrefois, dans sa jeunesse, c'était un excellent cavalier, il participait même à des chasses à courre. Mais à la mort de sa femme il a tout arrêté et n'est plus guère sorti de sa propriété. Mais sa fille, Mlle Laure, elle, ne laisse pas passer une journée sans faire une promenade à cheval. Quoique depuis la guerre, elle aussi, on la voie moins. Vous êtes au château ?

— Oui. J'ai été blessé à Verdun.

— Comme mon petit-fils. Démoli par un obus. Il n'a plus de jambes. Ça lui a porté sur le moral, pour sûr, il cause plus et il passe son temps, assis devant la fenêtre de la ferme, à regarder les poules. Au début, par deux fois, il a voulu se tuer.

Le vieux fit une pause, et le jeune policier crut voir une larme lui perler au coin de l'œil.

— Des fois, je me demande si on n'aurait pas dû le laisser faire.

À cette question-là, Célestin n'avait pas de réponse. Comme la charrette passait devant les grilles du château, il remercia le paysan et descendit. Il regarda un moment le tas de foin s'éloigner et vit une dernière fois, à la naissance du virage, la silhouette fatiguée du vieux grand-père. Une nostalgie lui vint brusquement de n'avoir pas connu ses propres grands-parents, de son père trop tôt disparu, du courage et de la tendresse de sa mère qui avait tant peiné pour les élever, sa sœur Gabrielle et lui. En descendant la grande allée de marronniers, il se demandait ce que c'était que d'être un membre d'une grande famille, d'une famille d'aristocrates avec un nom, et de savoir qu'un jour on aurait son portrait au mur d'un long couloir, au milieu de ceux des ancêtres. Il semblait bien en tout cas que, dans cette branche de la famille, le nom des Amberville allait s'éteindre avec Laure.

En arrivant devant le château, Célestin eut la surprise de retrouver la voiture du juge d'instruction. Un des deux gendarmes montait la garde sur le perron, visage fermé, mains à la ceinture. C'était celui près duquel il s'était renseigné, il l'apostropha.

— Vite ! Dépêchez-vous de rentrer ! Plus personne n'a le droit de sortir du château jusqu'à nouvel ordre.

— Il s'est passé quelque chose ?

— Je ne suis pas tenu de vous le dire.

Le policier grimpa la volée de marches et fit irruption dans l'entrée. Les joueurs de cartes tournaient en rond, mains dans les poches. L'un d'eux avait une cigarette à la bouche mais n'osait pas l'allumer. Les visages se tournèrent vers Célestin.

— Tu sais quelque chose ?

— Non. Qu'est-ce que je devrais savoir ?

— Il y a encore eu un mort.

— Nom de Dieu ! Où et quand ?

— Juste après le déjeuner, dans la deuxième salle. Un nommé Justin Murel, un artilleur. Il venait de Normandie.

— Qu'est-ce qui lui est arrivé ?

— Empoisonné. Un truc qui lui a porté au cœur. Dans ses médicaments.

Célestin se précipita dans la salle. Devant l'une des alcôves se tenait le second gendarme. Il leva la main en voyant le policier approcher.

— On n'entre pas !

Derrière le rideau tiré, on entendait la voix sévère du juge Marty en train d'interroger quelqu'un.

— C'est quand même bien vous qui lui avez donné ce sirop, non ?

— Mais c'est toujours le même depuis qu'il est là…

— Et quand la bouteille est finie ?

— Je vais en prendre une autre dans la réserve.

C'était la voix de Léontine Monard, au bord des larmes.

CHAPITRE 9

Les secrets du curé

Dans la salle à manger des officiers, le juge Marty calmait sa mauvaise humeur en engloutissant des parts de quatre-quarts qu'il trempait dans un bol de café. Face à lui, assis dans un fauteuil, le docteur Dorique, pas vraiment impressionné, ne le quittait pas des yeux, observant le trajet d'une goutte ambrée le long du menton du gros magistrat. La goutte finit par s'écraser sur le dossier posé devant lui, en même temps que Marty frappait du poing sur le bureau.

– L'autre jour, c'est votre scalpel qu'on vole, aujourd'hui c'est un flacon de médicament qu'on empoisonne... Alors, rien n'est en sécurité, ici ? Et surtout pas les malades !

– Je vous rappelle, monsieur Marty, que le château d'Amberville n'a pas été conçu pour servir d'hôpital. Nous nous sommes adaptés aux circonstances, tant bien que mal, mais vous n'avez pas le droit de nous reprocher une quelconque négligence. Le soldat Murel prenait un fortifiant, un reconstituant inoffensif dont nous n'avions aucune raison de surveiller le stock.

Dorique prenait plaisir à appeler le gros homme « monsieur », sans lui donner son titre de juge.

— Et ce poison qu'on a mis dedans, d'où vient-il ?

— De la digitaline ? Il suffit d'aller se promener dans la campagne pour en trouver.

— Encore fallait-il savoir que Murel souffrait du cœur !

— Je ne me répands pas en confidences sur les blessés hospitalisés ici. Mais les soldats parlent entre eux de leurs maladies. Et les infirmières les connaissent.

— Ce qui nous fait encore une cinquantaine de suspects ! Vous ne m'aidez pas, Dorique ! Vraiment pas ! Et votre fonction ne vous innocente pas, bien au contraire !

On frappa quelques coups à la porte.

— Entrez ! beugla Marty.

Célestin apparut, échangea un salut de la tête avec Dorique puis s'avança jusqu'au bureau du juge qui lui lança un regard maussade.

— Ah, vous voilà, vous ! Où étiez-vous donc pendant qu'on continuait à tuer ici ?

— J'ai retrouvé le Diable Bleu.

— Ah oui ? se moqua Marty. Et c'est notre assassin ?

— Non : c'est effectivement un pauvre type qui a perdu la boule. Mais j'ai appris des choses.

— Félicitations. Nous ferez-vous part de vos soudaines lumières ?

— Il faut que je parle à Mlle d'Amberville.

— Tiens donc ! Là, vous n'avez pas de chance,

elle vient de partir se reposer chez des cousins, en Bretagne.

— Vous l'avez laissée partir ? s'indigna le policier.

— Du calme, jeune homme ! Mlle d'Amberville, que son dévouement met au-dessus de tout soupçon, a été très affectée par tous ces crimes atroces, commis presque sous ses yeux. Il est tout à fait légitime qu'elle s'en aille quelque temps.

— Quand doit-elle rentrer ?

— Dès qu'elle se sentira mieux. Mais je vous conseille de la laisser tranquille.

Le ton du magistrat s'était fait plus dur. Célestin se hérissa.

— C'est son dévouement ou son nom qui met Laure d'Amberville au-dessus de tout soupçon ?

Un mauvais sourire vint déformer le visage bouffi du juge.

— Je sais parfaitement qui vous êtes, inspecteur Louise. Avant de vous laisser enquêter, plus ou moins officieusement, en marge de ma propre enquête, je me suis fait expédier une copie de votre dossier administratif. Vous êtes bien noté, je dois le reconnaître, mais vous avez aussi une réputation de forte tête, vous supportez difficilement la hiérarchie, que ce soit celle de la police, celle de l'armée… ou celle, plus naturelle, des classes sociales.

— Naturelle ?

— Épargnez-nous une discussion stérile et sans intérêt, inspecteur. Dites-moi plutôt ce que vous voulez exactement à Mlle d'Amberville. Avez-vous une idée de l'identité du meurtrier ?

— Il m'a tiré dessus tout à l'heure, dans la forêt.

— C'est votre ami le déserteur, ce Diable Bleu, qui vous aura pris pour cible !

— Et qui se serait enfui à cheval ?

Du coup, le magistrat se figea.

— Vous en êtes sûr ?

Célestin hocha la tête.

— Voilà qui prouve en tout cas que vous avez pris des risques inconsidérés. Vous respecterez désormais vous aussi la consigne qui vaut pour tous les soldats hospitalisés ici : interdiction de sortir de la propriété, et couvre-feu à sept heures.

— Et le cheval ? Qu'est-ce que vous en faites ?

Marty examina Célestin, ahuri. Dorique, toujours assis dans son fauteuil, observait l'affrontement des deux hommes avec un petit sourire de délectation.

— Le cheval ? Quel cheval ?

— Oui, c'est bien la question : quel cheval ? Je suis certain d'avoir entendu mon agresseur s'enfuir à cheval. Or, des chevaux, il n'en reste plus guère par ici. Vous savez comme moi qu'ils ont tous été réquisitionnés. Sauf, précisément, ceux du château.

Marty demeura immobile quelques secondes, puis se précipita vers la porte.

— Allons aux écuries.

Le valet d'écurie avait été lui aussi mobilisé, et lorsqu'elle partait en promenade, c'est Laure d'Amberville elle-même qui soignait son cheval. Il n'en restait que deux, une vieille jument baie et le hongre alezan que montait la jeune femme. Celui-ci n'était pas dans sa stalle, même si sa selle était posée sur son chevalet de bois. Un des gendarmes le repéra dans un pré qui jouxtait les écuries. Encore trempé de sueur, pas bouchonné, il se battait sans conviction contre un essaim de mouches.

– Ce cheval vient d'être monté, conclut le juge d'instruction, la mine grave.

– C'est celui de Mlle d'Amberville.

– Peut-être, mais elle ne se trouve pas ici. À nous de savoir qui a utilisé ce cheval, et nous aurons peut-être une idée de la personne qui vous a tiré dessus. Hormis le comte, qui n'est pas encore complètement remis et dont l'état semble peu compatible avec ce genre d'escapade, qui, dans ce château, sait monter à cheval ?

– Les officiers, tout au moins le commandant Pesnel, suggéra Célestin. Peut-être certains soldats, mais ce sera plus difficile à savoir : si notre homme est l'un d'entre eux, il se gardera bien de mettre en avant ses talents de cavalier !

– Et moi, si je peux me permettre, intervint le docteur Dorique qui s'était mêlé au petit groupe. Moi aussi, je monte à cheval.

– Oh, vous ! s'irrita le juge. Vous feriez mieux de ne pas la ramener ! Quoi que vous en disiez, c'est en partie votre négligence qui est responsable de la mort de deux soldats.

— Un assassin déterminé aurait trouvé d'autres moyens de tuer, vous ne croyez pas ?

— Je ne crois rien, docteur, je ne crois plus rien, je voudrais seulement que cette hécatombe s'arrête.

Pendant cet échange, Célestin avait pénétré dans le pré. Le cheval, qui broutait, s'était laissé approcher sans difficulté, jetant juste un œil curieux au jeune policier entre deux grandes bouchées d'herbe verte. Célestin lui passa la main sur le dos encore luisant de sueur, et lui flatta l'encolure en murmurant quelques mots apaisants. Il avait encore, pris dans sa crinière, quelques débris de feuillage. Le policier revint vers le juge qui pestait.

— À quelle heure Mlle d'Amberville a-t-elle quitté le château ?

— Encore votre idée fixe, Louise ! Je n'en sais rien et je m'en fiche ! Mais vous allez pouvoir vous renseigner : voici M. le comte.

Le vieil homme, défait, approchait à pas lents, appuyé sur une canne. La transformation qu'il avait subie en quelques jours était spectaculaire. Plus rien ne subsistait chez lui de l'hôte affable, vigilant, délicat, qui accueillait les blessés à leur arrivée au château. Son visage tendu, émacié, le faisait paraître plus que son âge, et il n'avait pas pris la peine de raser les poils blancs qui lui mangeaient les joues. Ses yeux, brillants d'inquiétude, avaient peine à soutenir le regard de ses interlocuteurs et ses mains tremblaient.

— On m'a dit que vous visitiez les écuries…

— Il ne fallait pas vous déranger, monsieur le comte. Nous nous inquiétions seulement de votre cheval. Il a été utilisé tout récemment et…

— Bien sûr, interrompit le comte d'Amberville, je suis allé moi-même conduire ma fille à la gare. Nous avons pris la petite voiture. Je ne pensais pas devoir vous en rendre compte…

— Et vous aviez raison, confirma le juge Marty, avec un regard de triomphe en direction de Célestin. Mais savez-vous s'il reste d'autres chevaux que les vôtres à Amberville ?

— Pardonnez-moi, je n'en sais rien. Et je n'ai plus de domestiques qui pourraient vous renseigner. Peut-être mon vieux jardinier, mais désormais, il vient quand il veut. Et quand il ne fait pas trop chaud !

— Bien, bien, nous verrons cela.

Marty soupira en remontant vers le château.

— Ce qui m'accable, voyez-vous, c'est qu'il va me falloir recommencer tous les interrogatoires, reposer encore et encore toutes les mêmes questions et tâcher de trouver dans tout ce fatras le début d'un indice !

— Croyez bien que si je peux vous être d'une aide quelconque… proposa le vieil homme.

— Je vous en prie : le mieux que vous ayez à faire est de vous reposer. N'est-ce pas, docteur ?

— Parfaitement. Et tâchez de retrouver un peu d'appétit.

Encadrés par les deux gendarmes, Marty, Dorique et le comte rentrèrent au château. Célestin les suivait à quelques pas, fixant la silhouette voûtée du vieil aristocrate. Il savait qu'il mentait.

Célestin avait déniché une vieille bicyclette dans l'appentis du jardin. Il lui restait encore assez de temps pour aller au village et en revenir avant le couvre-feu imposé par le juge. Il prit la petite route qui serpentait à travers la campagne, tantôt inondée de soleil, tantôt assombrie par les arbres des talus. Tout en pédalant, il se remémorait l'enquête et les éléments dont il disposait. Il était clair, et Marty devrait s'en rendre compte assez vite, qu'aucun des soldats blessés n'avait pu commettre les cinq meurtres. Il fallait alors admettre soit qu'il y eût plusieurs assassins, agissant ou non en complicité, soit la culpabilité d'un des soignants, ou de quelqu'un du château. Le mensonge du comte le rendait suspect. Célestin avait pu facilement établir que la carriole du château n'était pas sortie de la journée. De même, personne n'avait vu Laure d'Amberville quitter la propriété. Le policier en voulait au juge de protéger systématiquement le comte et sa fille, de les exclure *a priori* du champ des suspects. Tous deux, ce matin-là, avaient pu seller le cheval et venir lui tirer dessus dans la forêt. Ou il y avait peut-être quelqu'un d'autre, quelqu'un qui se cachait mais dont les Amberville connaissaient forcément l'existence. Deux corbeaux, perchés sur une haie, s'envolèrent à l'approche du vélo et partirent en croassant. Célestin y vit un mauvais présage. Déjà, au-dessus des arbres, apparaissait le clocher de la petite église. Le jeune policier appuya sa bicyclette contre le mur du petit jardin du curé qui jouxtait le minuscule presbytère. Des pivoines, des roses et un parterre de tulipes rouges et jaunes mélangeaient leurs couleurs éclatantes et semblaient envahir tout l'espace qui menait à la porte. Célestin frappa, le père Thiévault vint ouvrir.

— Inspecteur Louise… je savais que vous reviendriez me poser des questions. Au fond, je vous en ai trop dit.

— Ou pas assez.

— Je vous en prie, entrez.

Célestin suivit le prêtre le long d'un petit couloir aux murs chaulés, puis dans un bureau au plafond bas dont la fenêtre ouverte donnait sur le jardin. Le père Thiévault avança une chaise pour son hôte, puis s'assit derrière une table de travail couverte de livres et de courrier en attente. La pièce était fraîche, agréable et recueillie.

— Je vous écoute.

— Êtes-vous au courant du viol qu'a subi Laure d'Amberville ?

L'ecclésiastique se laissa le temps de digérer la question.

— Je me doutais qu'il s'était passé quelque chose. Il y a près d'un an, à l'automne dernier, Laure a brusquement quitté le château pour aller se reposer chez une tante, au fin fond de la Bretagne. Laure n'est pas ce qu'on appelle une personne religieuse, mais nous avions établi une relation de confiance, elle et moi, et j'ai été surpris de ce départ brutal dont elle ne m'avait rien dit. Que s'est-il passé ?

En quelques mots, Célestin mit le prêtre au courant de ce que le Diable Bleu lui avait raconté.

— C'est épouvantable. Pauvre enfant... Et tellement injuste !

— Après deux années de guerre, mon père, j'ai beaucoup de mal à savoir ce qui est juste et ce qui est injuste. Mais le fait est que Mlle d'Amberville a subi un choc, qui pourrait peut-être avoir déclenché chez elle des pulsions de meurtre...

— Mon Dieu ! Je ne suis pas médecin psychiatre mais je vois mal Laure assassiner des hommes blessés.

— Avez-vous eu l'occasion de parler avec elle depuis son retour ?

— Non, malheureusement. Je dois dire qu'elle est devenue très distante, mais avec ce que vous venez de me révéler, je peux le comprendre.

Un bouvreuil se posa quelques secondes sur le rebord de la fenêtre puis disparut dans le ciel bleu.

— Je saisis mal également, mon père, la relation entre le comte et sa fille. Il n'y a aucune tendresse entre eux deux, aucune complicité. Parfois, on dirait deux étrangers. Ou plutôt, c'est comme si Laure d'Amberville fuyait son père, le repoussait...

— Vous êtes observateur. Êtes-vous capable de garder un secret ?

— Nous ne sommes pas tenus par la confession, mais c'est souvent tout comme.

— Le comte d'Amberville n'est pas le père de Laure.

Le vieux curé avait énoncé cette incroyable vérité d'un ton calme, comme une évidence.

— Je ne trahis pas le sacrement de la confession, en l'occurrence : je vous livre un secret de famille.

— Cela a quelque chose à voir avec le suicide de Mme d'Amberville ?

— Bien sûr. Elle a succombé effectivement à un accès de désespoir, que Dieu lui pardonne. Pour tout comprendre, il faut d'abord que vous sachiez que le comte d'Amberville souffre d'un problème physique qui lui interdit d'avoir des enfants.

— Sa femme le savait-elle en l'épousant ?

— Non. Et c'est dans ce premier mensonge qu'est venue s'enraciner la suite des malheurs familiaux.

De nouveau, le prêtre fit une pause, joignant le bout de ses doigts comme en un geste de prière.

— Je ne sais pas si je fais bien de vous raconter tout cela, mais, comme vous me l'avez dit l'autre soir, des meurtres sont commis, et je m'en voudrais de ne pas vous aider. Enfin… La comtesse d'Amberville, après quelques années de mariage, a rencontré un homme.

— Vous voulez dire qu'elle a eu une liaison ?

— C'est sans doute le terme officiel, celui que vous employez dans vos rapports. Mais, en ce qui concerne Mme d'Amberville, je parlerais plutôt d'une grande histoire d'amour.

— Qui était cet homme ?

— Un ami du comte, bien sûr, Pierre Destrées,

un jeune et brillant ingénieur que son intelligence appelait à une grande carrière.

— Appelait ?

— C'était aussi un grand voyageur. Il n'est jamais revenu de sa dernière expédition en Afrique centrale. Mais, entre-temps, la comtesse d'Amberville avait eu un enfant, une petite fille prénommée Laure.

— Comment s'est-elle arrangée avec son mari ?

— Il lui a fait promettre de ne jamais revoir Pierre Destrées. À cette condition, il acceptait de reconnaître l'enfant et de l'élever comme étant le sien.

— Elle a accepté ?

— Avait-elle le choix ? Dans le monde où vivent les Amberville, le divorce n'existe pas. La comtesse pensait que le ressentiment de son mari s'apaiserait et que, de toutes les façons, cette petite fille restait entre Pierre et elle un lien indissoluble. Et puis elle a appris la mort de l'homme qu'elle aimait.

— Et elle a préféré le rejoindre plutôt que d'élever leur enfant ?

— Qui peut savoir ? Qui peut juger ? Et qui peut connaître ses propres réactions face à la tentation du désespoir ?

— C'est quand même une attitude bien romanesque, ou bien romantique. Une attitude de très jeune femme.

Le père Thiévault soupira, mit son front dans ses mains et ferma les yeux quelques secondes.

— Mme d’Amberville a été la femme d’un seul amour. Sans la perspective de revoir un jour Pierre Destrées, la vie avec le comte lui était devenue insupportable. J’avais tout fait pour lui enseigner la patience, la résignation, mais, face à la disparition de l’homme de sa vie, mes efforts sont restés vains.

— Et Laure a donc été élevée par le comte ?

— Élevée… Il l’a chérie plus qu’il ne l’a élevée. Elle a été ce qu’on appelle une enfant gâtée, au-delà de ce que vous pouvez imaginer. Il ne lui refusait rien. Je l’avais mis en garde, pourtant. Mais la petite est devenue capricieuse, parfois méchante. Une fois par an, elle se rendait sur la tombe de sa mère, dont la disparition était officiellement due à un accident.

— Et comment a-t-elle appris la vérité ?

— Cela, il faudra le demander à son père, car je l’ignore. Il y a quelques années, dans la droite ligne de ses caprices d’enfant, elle usait de sa beauté pour faire tourner en bourrique tous ses jeunes prétendants. Curieusement, d’ailleurs, l’un d’eux a voulu mourir, en une sorte de répétition tragique de l’histoire. Mais il s’est manqué. Et puis, brusquement, le comportement de Laure d’Amberville a changé du tout au tout. De légère, elle est devenue grave, presque triste. Elle n’a pratiquement plus parlé à son père.

— Pourtant, si elle avait appris à ce moment-là ce qui s’était passé autour du suicide de sa mère, elle n’aurait pu qu’en être reconnaissante au comte…

— … ou le considérer comme responsable de la mort de sa mère, mère que tout à coup, elle s'est mise à idéaliser. Chaque jour, elle se rendait au cimetière pour fleurir sa tombe. Elle est même venue me voir pour que je lui parle de son père, Pierre Destrées, que j'avais croisé plusieurs fois en allant dîner au château.

Le vieux prêtre se mit à fouiller dans le tiroir de sa table de travail.

— J'avais même mené ma petite enquête, et un ami archiviste m'avait envoyé cet article, que je n'ai jamais eu l'occasion de donner à Laure.

Il exhiba une coupure de presse un peu jaunie sur laquelle on annonçait la prochaine expédition africaine de l'ingénieur Pierre Destrées, censée rapporter de précieux renseignements sur le sous-sol de la forêt équatoriale.

— C'est de ce voyage qu'il n'est jamais revenu ?

Le père Thiévault hocha la tête.

— Et puis la guerre est arrivée. C'est Laure qui a eu l'idée de mettre le château à la disposition des services sanitaires de l'armée. Et je dois avouer que, depuis ce moment, elle a montré un dévouement et une abnégation admirables.

— Jusqu'à ce viol…

Le curé croisa les doigts et son regard s'éleva jusqu'au crucifix accroché au mur.

— Mon Dieu, pourquoi faut-il que ces malheurs arrivent aux plus fragiles ?

Sur le chemin de retour vers le château, tandis que le soir faisait déjà s'allonger les ombres sur la campagne, Célestin préparait mentalement son entretien avec le comte d'Amberville. Il allait aussi rédiger deux lettres et, comme il l'avait déjà fait, solliciter le concours de son supérieur, le commissaire Minier[1]. Il écrirait aussi à Tennac, comme il le lui avait promis, autant pour le tenir au courant des nouveaux événements et de son enquête que pour clarifier ses idées en les couchant sur le papier. À mi-chemin, il se rangea sur le bas-côté pour laisser passer la voiture du juge Marty. Il crut entendre au passage le gros homme crier :

– Le couvre-feu ! Le couvre-feu !

Lorsqu'il descendit en roue libre la magnifique allée qui menait au château, il fut submergé par une profonde vague de tristesse. La beauté, le calme des lieux, et tout à coup les cadavres, et tout au fond la guerre qui venait suinter son horreur jusqu'ici. La surface de la petite mare lui accrocha l'œil au passage, dans un étincellement doré. Il revit le corps flottant de Lerait… Qu'était-il venu faire, seul, dans ce coin du parc ? Penser à sa belle, sûrement, laisser son cœur s'abîmer tout son saoul en souvenirs, en espérances. Un vers d'un poème appris à l'école lui revint en mémoire : « L'espoir a fui, vaincu, vers le ciel noir. » Qui espérait encore gagner cette guerre qui ensanglantait le monde ? Elle avait déjà trop duré pour que son issue, quelle qu'elle fût, ne constituât pas, de toute façon, une défaite pour les hom-

1. Voir *La Cote 512, op. cit.*

mes. Et lui-même, Célestin Louise, petit flic perdu dans la tourmente et qui venait tout juste d'échapper à la mort, en reviendrait-il ? Et dans quel état ?

Le château d'Amberville était désormais en état de siège. Une patrouille de zouaves, les moins éclopés, montait la garde en permanence. Un gendarme demeurait posté dans l'entrée. Et, dans chaque salle, des hommes veillaient. Tous étaient armés. À chaque étape, le nouvel arrivant devait décliner son identité et préciser le motif de sa venue, fût-il un habitué, comme le docteur Dorique. Les religieuses, impassibles sous leurs voiles blancs, continuaient leurs soins sans paraître gênées le moins du monde par ce déploiement de force. Seule Léontine avait encore des accès de frayeur, ou d'indignation quand elle se rappelait l'interrogatoire qu'elle avait subi de la part de Marty.

— Me suspecter, moi ! Et toutes ces questions qu'il m'a posées, comme si j'étais une criminelle !

Keriou, à qui elle plaisait bien, avait pris l'habitude de la réconforter, et elle se laissait faire : elle aussi, de son côté, le trouvait beau gars. C'est lui que Célestin découvrit en faction dans la première salle.

— Alors, ce salaud, vous allez l'attraper ?

— Je te le promets, Keriou, et dans pas longtemps, encore !

— Et puis, il ne s'agit pas que je me fasse égorger, maintenant que j'ai trouvé une petite !

— Alors, ça va bien, avec Léontine ?

— Bien de bien, mieux que mieux : elle m'a promis un baiser.

— Tu vas vite en besogne.

— On n'a plus beaucoup de temps à perdre, nous autres.

Célestin opina, lui souhaita bon courage et traversa la salle. On laissait maintenant tous les rideaux ouverts, et le passage dans l'allée centrale offrait le triste spectacle de tous ces hommes blessés, couverts de bandages ou l'air curieusement intacts, allongés, recroquevillés, repliés sur leurs lits, les yeux ouverts fixés sur les cloisons de bois ou perdus dans des rêves de guérison. La seconde salle était la réplique exacte de la première, mis à part le zouave qui montait la garde, une main bandée, l'autre posée sur le manche d'un poignard.

— Pssst…

Célestin se tourna vers une alcôve. Sur son lit, un tout jeune homme lui faisait signe d'approcher.

— C'est vous, Célestin Louise ?

Il parlait à voix basse, comme porteur d'un secret.

— Je m'appelle Alphonse Nasson, du 140e. On s'est fait étriller dans la Somme, en appuyant une attaque des Angliches. Peut-être que je pourrai plus jamais marcher, mais je m'en fous : on va gagner.

— Oui, c'est ça… On va gagner…

— Je voulais vous dire… Ça me plaît pas trop d'être surveillé par un moricaud. Ces gars-là, on sait jamais ce qui leur passe par la tête. Vous avez vu son couteau ?

— Il est là pour te protéger, pas pour te tuer, bonhomme.

— N'empêche... Jusqu'à la relève, je pourrai pas dormir.

— C'est toi que ça regarde. Bonne nuit quand même.

Célestin poursuivit son chemin, fit un salut réglementaire au zouave en sentinelle et se retrouva au bas de l'escalier qui menait aux chambres. Il vérifia qu'il avait bien pris, cette fois, un revolver, et qu'il avait toujours au fond de sa poche le bijou en forme de serpent trouvé dans l'herbe, le bijou perdu par l'assassin. Il s'en voulut d'avoir négligé les recherches concernant la mystérieuse disparition du fuyard, cette nuit-là. On avait bien sondé les murs du château, mais pas ceux de la chapelle, ni ceux du vieux pigeonnier en ruines, un peu plus loin, qui abritait plus de poussière que d'oiseaux. Il est vrai qu'officiellement, ce n'était pas lui qui dirigeait les recherches, c'était le gros Marty que chaque meurtre plongeait dans une perplexité encore plus grande, et qui pourtant restait bloqué sur ses préjugés. En montant les marches de pierre, Célestin tenta d'imaginer ce qu'avait pu être la vie du comte d'Amberville, son humiliation permanente et tout l'amour qu'il avait porté à sa femme pour lui proposer de reconnaître son enfant adultérine. Jamais, pourtant, il n'avait pu reconquérir le cœur de la comtesse. Deux années d'enfer et de frustration, et puis le suicide. L'avait-il vécu comme une libération ? Sa femme disparue, il avait en tout cas pu laisser libre cours à toute sa tendresse paternelle, qu'il avait probablement dû refouler jusque-là. Oui, cette petite Laure qui, en quelques jours, avait sans le savoir perdu ses deux parents avait sûrement été choyée par le comte… Célestin arrivait dans le couloir des chambres. Toujours l'armure sans l'arbalète, l'enfilade des hautes fenêtres… Le jeune homme s'arrêta un instant devant la porte du comte, sous laquelle passait un rai de lumière. Il savait que le dernier acte allait commencer. Il frappa.

CHAPITRE 10

Les aveux du comte

Le comte d'Amberville prit la peine de venir lui-même ouvrir la porte. Il était en manches de chemise, le col ouvert, et son visage dévasté évoquait plus le désarroi d'un homme aux abois que la sérénité d'un vieil aristocrate. Ses mains tremblaient, il sentait l'alcool. Il proposa à Célestin un verre de cognac, que le policier refusa. Sur le lit défait traînaient de vieilles enveloppes et une photographie de la comtesse. Les deux hommes s'assirent face à face sur deux fauteuils qui encadraient la grande cheminée. Il y eut un silence, le vieil homme détaillait Célestin avec perplexité : allait-il se confier à ce petit soldat, ce poilu débarqué du front, qui n'était mandaté par personne et qui, s'il n'avait pas été blessé, puis soigné au château, n'aurait jamais mis les pieds à Amberville ? Finalement, il se jeta à l'eau.

– Je vous ai vu observer mon cheval, tout à l'heure. Vous ne semblez pas partager les certitudes du juge Marty.

– En vérité, je partage peu de choses avec ce magistrat, et surtout pas sa façon de mener son enquête.

— Vous êtes policier, m'a-t-on dit… Vous paraissez bien jeune.

— Nous n'allons pas tourner autour du pot, monsieur le comte. Vous nous avez menti, ce matin, en affirmant avoir pris votre voiture. J'ignore ce que mademoiselle votre fille a pu faire, où elle a pu partir et comment, mais je suis certain d'une chose : le cheval que j'ai vu arrivait tout droit de la forêt. Et j'ai de bonnes raisons de penser : du bois des Tuffes. Là même où quelqu'un venait de tenter de me tuer.

— Et quelle est votre conclusion, jeune homme ?

Accuser d'emblée le comte eût été maladroit. Il manquait encore des éléments à Célestin.

— Êtes-vous au courant de l'agression qu'a subie votre fille ?

Le vieillard devint blafard. Il ouvrit la bouche pour prendre sa respiration, et sa voix n'était plus qu'un mince filet chevrotant.

— Alors, ça aussi, vous l'avez découvert…

— J'ai retrouvé le déserteur que les gens d'ici surnomment le « Diable Bleu ». Il a assisté à la scène, et son intervention a sauvé la vie à Laure.

— Laure ? De quel droit l'appelez-vous par son prénom ?

D'un coup, le comte s'était enflammé, et pendant quelques secondes son affabilité laissa la place à une morgue inattendue.

— Nous ne sommes pas dans les locaux de la police parisienne, monsieur Louise. Vous êtes ici chez moi, vous me devez le respect ainsi qu'à ma fille !

— Alors, monsieur le comte, vous me devez la vérité.

Le vieillard se tassa un peu plus encore sur son fauteuil. D'une main maladroite, il se servit un verre de cognac, dont il avala une longue gorgée en grimaçant.

— La vérité ? Quelle vérité ? demanda-t-il en reposant son verre sur un petit guéridon. Qui saura jamais pourquoi quelqu'un se donne la mort ?

— Vous parlez de votre femme ?

— La vie joue des tours étranges, continua le comte d'Amberville sans répondre. La vie et curieusement, dans mon cas, le courrier.

Cette fois, Célestin s'abstint d'interrompre ou de questionner. L'épais tapis de la chambre absorbait tous les bruits et jamais on n'eût pu croire que la plus grande partie du château était occupée par des soldats blessés. Dehors, le jour baissait rapidement et, du visage du comte, on ne voyait plus que l'enchevêtrement des rides et les deux taches plus sombres des orbites où son regard brillait encore d'un éclat fiévreux.

— Oui, il y a parfois de singulières coïncidences… Ma femme s'est jetée de cette fenêtre, continua-t-il en désignant d'un vague geste de la main les dernières lueurs du ciel, le jour même où était publiée dans les journaux la nouvelle de la mort de Pierre Destrées. Mais ces journaux, voyez-vous, elle ne les a pas lus. Du reste, elle ne les lisait pratiquement jamais.

— Alors c'est vous qui…

— Moi ? Moi, je n'ai rien fait. Et surtout, je n'ai

rien dit. Je ne me suis même pas réjoui de cette mort, d'abord parce que je perdais un ancien ami pour lequel j'avais conservé, malgré son comportement infâme, un peu d'estime. Ensuite parce que j'avais déjà perdu ma femme puisqu'elle ne m'aimait plus.

— Mais vous n'espériez pas qu'un jour elle vous revienne ? Après tout, vous vous étiez montré très compréhensif.

— Ne me faites pas meilleur que je ne suis. J'ai évité un scandale qui nous aurait nui à tous. Et puis je pense que cette solution qui faisait de moi le père officiel de Laure ne déplaisait pas à Pierre Destrées. Pour être franc, j'ai attendu qu'il réagisse, mais il n'a rien fait.

— Était-il réellement amoureux de votre femme ?

Le comte finit son verre d'un trait et considéra le jeune policier avec un peu moins de sévérité.

— C'est une question pertinente. Vous savez sans doute, puisque vous êtes plongé, par votre métier, dans les turpitudes humaines, qu'en matière amoureuse les sentiments ne sont jamais équitablement partagés. Pierre était ce qu'on appelle un séducteur. Il n'était pas malhonnête, non, il s'enflammait de tout son cœur puis, avec la même candeur et le même enthousiasme, passait à la conquête suivante.

Il prit un temps, son visage pâle et sa chemise blanche émergeaient seuls de la pénombre et faisaient de lui un fantôme.

— Non, non, ce n'est pas la disparition de Pierre qui a désespéré Cécile. C'est la dernière lettre qu'il lui a envoyée, lettre qui, curieusement, est arrivée la veille de l'annonce de sa mort.

Il se leva péniblement et alla prendre sur le lit une des lettres qu'il y avait étalées.

– Tenez, lisez, vous qui cherchez la vérité : il n'y a pas plus vrai que ces quelques lignes.

Comme Célestin hésitait, le comte lui fourra l'enveloppe dans les mains.

– Ne m'obligez pas à la lire moi-même, c'est la seule charité que je vous demande.

Lentement, le policier sortit le papier à en-tête couvert d'une écriture élégante. Il le déplia et lut :

Cécile, nous faisons halte ce soir sur les rives du fleuve Sangha, et je profite des dernières lueurs flamboyantes du jour pour t'écrire cette lettre, que je vais confier à un père blanc qui remonte vers Brazza. Nous allons nous enfoncer demain dans des terres inexplorées où j'espère trouver des traces de minerais rares. Je ne sais quand je pourrai à nouveau t'écrire, et je ne veux pas que tu m'attendes. J'ai traversé ta vie, tu as traversé la mienne, ce fut un éblouissement réciproque mais le temps qui passe, les choix que nous avons faits ne nous permettent plus l'illusion d'une passion. Ton mari a eu la générosité de reconnaître notre fille : pour elle comme pour toi, il vaut mieux que nous mettions un terme à notre relation amoureuse. Voilà déjà plusieurs mois que nous ne nous sommes vus : gageons que le plus dur est fait. Je vais reprendre ma vie errante et solitaire, et je suis certain que tu trouveras dans ton rôle de mère la source d'un bonheur plus profond et plus authentique que celui qu'avait fait naître notre idylle. Je ne t'oublierai jamais, mais je ne t'importunerai plus. Soyez heureuses toutes les deux, Laure et toi. Adieu.

Célestin releva les yeux vers le comte qui le fixait.

— Adieu... Il ne croyait pas si bien dire ! Son corps a été retrouvé une semaine plus tard sur les berges du fleuve, à moitié mangé par les bêtes.

— Que lui est-il arrivé ?

— On ne le saura jamais. Ses porteurs avaient disparu et ils ne sont pas revenus témoigner.

— Et sa lettre est arrivée...

— La veille de l'annonce de sa mort dans les journaux, oui. Hasard des postes.

— Quand votre femme s'est... après sa mort tragique, c'est le juge Marty qui a été chargé de l'enquête ?

— Parfaitement. Il s'est comporté avec beaucoup de tact. Il avait compris, bien entendu, qu'il s'agissait d'un suicide, mais à quoi bon entretenir des ragots et laisser planer une odeur de scandale ?

— Une tache sur le blason des Amberville ?

— Pensez ce que vous voulez. Ce que Marty n'a jamais lu, c'est cette lettre que vous avez entre les mains. Cécile est morte abandonnée par son amant, en femme délaissée. Mais au fond, qu'est-ce que cela change, n'est-ce pas ?

— Si Destrées était mort avant de lui avoir écrit, comment aurait-elle réagi ?

— Je n'en sais rien... Sans doute en aurait-elle

fait un héros, une sorte de divinité au culte de laquelle elle aurait voué sa vie. Et celle de Laure.

Il se leva pour allumer une lampe posée sur la cheminée. Une lueur dorée les fit passer dans une atmosphère de nuit. La fenêtre n'était plus qu'un grand rectangle bleu-noir au fond duquel clignotait une étoile.

— Comme elle a dû s'ennuyer près de moi !

Tournant le dos à Célestin, le comte regardait le ciel nocturne.

— Et comment Laure a-t-elle appris tout cela ? Elle non plus n'a pas lu cette lettre.

— Bien sûr que non. Mais le jour de sa majorité une autre lettre est arrivée pour elle, de Paris. Je ne me suis pas méfié, tant d'années s'étaient passées, dans quelque chose qui pouvait ressembler au bonheur. Cette lettre lui révélait tout, depuis le début. Je pense que Cécile, avant de se tuer, avait contacté un notaire de façon que, le moment venu, ma fille apprenne la vérité. Ce fut comme un spectre sorti des enfers pour m'arracher l'amour de Laure. Depuis cette triste journée, c'est à peine si nous nous sommes parlé.

— Elle aurait pu réagir autrement et vous manifester au contraire encore plus d'affection.

— Je pense que la lettre était rédigée de façon à m'enfoncer.

— Il a bien fallu, pourtant, que vous aménagiez le château.

— C'était une idée de Laure. J'ai dit oui à tout, mais elle ne m'en a su aucun gré.

— Et pour le viol ? Comment avez-vous su ?

Le comte se retourna et revint doucement s'asseoir en face du policier. Il fit un geste de la main vers le couloir.

— Je sortais de ma chambre, elle est arrivée, hagarde, comme folle. Elle s'est effondrée en pleurs. Cela faisait des années que je ne l'avais plus tenue ainsi dans mes bras. Par bribes, entre deux sanglots, elle m'a tout raconté. Elle avait encore du sang dans les cheveux. Je lui ai fait préparer un bain et nous sommes convenus qu'elle partirait dès le lendemain chez des cousins, en Bretagne.

— Où, exactement ?

— Quelle importance ? Près de Pont-Aven, ils habitent un manoir qui domine la rivière.

— C'est là-bas qu'elle est repartie ?

— Oui. Cette série de meurtres est venue raviver chez elle ces souvenirs terribles, encore trop frais dans sa mémoire.

Tout était dit. Les deux hommes s'observaient, sachant tous deux qu'il manquait encore l'épilogue.

— C'est vous qui avez tenté de me tuer, tout à l'heure, au bois des Tuffes ?

— Ce n'était pas si difficile à deviner. Vous ne m'avez pas laissé le temps de bouchonner mon cheval ni de le ramener à l'écurie. Marty a admis mon explication, pas vous.

— J'ai pris le temps de vérifier, pas lui. Pour le juge, vous êtes au-dessus de tout soupçon.

— Cela aussi, je pense, vous est particulièrement insupportable.

Célestin le regarda sans répondre. Quelque chose, dans le discours du vieil homme, lui échappait. Il finit par demander :

— Pourquoi m'avez-vous tiré dessus ?

— Parce que vous êtes le seul à avoir compris. Vous avez retrouvé le bijou, n'est-ce pas ?

Le policier tira de sa poche la broche en forme de serpent et la posa sur le petit guéridon.

— Le voici.

— C'est un des rares souvenirs que j'ai conservés de ma femme. Il me prend parfois la fantaisie de la porter.

— Lorsque vous assassinez des soldats, par exemple ?

La main tremblante du comte s'avança et prit le petit serpent de bronze dont l'œil étincelait. Il le fit tourner entre ses doigts.

— Quand j'ai vu Laure défaite, souillée par ces brutes, quand je l'ai sentie sangloter, trembler dans mes bras, je me suis juré de la venger.

— En tuant des innocents ?

— Qui est innocent ? cria brusquement le vieil homme.

Célestin, surpris par la violence de son interlocuteur, hésita, puis reprit :

— Il eût été plus simple de fermer le château.

— J'y ai pensé, mais l'état-major s'y est opposé. Ils n'ont pas assez de lits dans les hôpitaux, ils ont trop besoin d'endroits comme celui-ci. J'ai dû céder devant leur insistance. J'y ai vu comme un signe du destin : cet endroit de repos allait devenir un piège mortel.

— Et vous avez attendu que votre fille revienne pour commencer à tuer ?

— Oui : c'est pour elle que je l'ai fait.

— Au risque de la choquer ?

— C'est un choc qui lui sera bénéfique. Et puis c'est une façon pour moi de lui montrer que je suis son père, que je l'aime.

— Vous êtes fou.

— Peut-être. Mais, comme vous le dites, au-dessus de tout soupçon.

— Plus maintenant. Je vais devoir vous conduire devant le juge.

— Je ne pense pas, non.

D'un geste vif, le vieil aristocrate avait sorti de sous le fauteuil un revolver d'ordonnance, qu'il pointa sur Célestin.

— Vous êtes le seul à connaître la vérité, je vais vous supprimer. Je prétendrai que c'est vous qui me menaciez.

— Et pourquoi ?

— Parce que vous êtes l'assassin.

— C'est absurde !

— Adieu, jeune homme.

Comprenant que le comte d'Amberville était bien décidé à tirer, Célestin joua le tout pour le tout. Il se jeta tête baissée et plongea en avant, ceinturant le vieillard dont le fauteuil bascula en arrière, entraînant le guéridon dans sa chute. Un grand vase posé par terre, près de la cheminée, se brisa net avec un bruit formidable. On frappa à la porte, des coups affolés.

— Monsieur le comte ? Monsieur le comte ? Que se passe-t-il ?

C'était la sœur Henriette. Elle n'attendit pas de réponse et entra. Elle vit Célestin se relever et récupérer le revolver du comte. Celui-ci, assommé dans sa chute, restait inanimé au pied du lit. Un filet de sang lui coulait sur le front.

— Qu'est-ce que vous lui avez fait ?

La religieuse se précipita vers le vieil homme et lui redressa la tête. Il entrouvrit les yeux.

— Tout est de ma faute, murmura-t-il faiblement. Ma faute…

Il s'évanouit.

De gros nuages noirs étaient venus sur le soir. La nuit était plus fraîche. Malgré la chaleur relative, on avait allumé un grand feu dans la chambre du comte d'Amberville. On l'avait couché dans son lit, il n'avait toujours pas repris connaissance. La sœur Henriette le veillait. Le commandant Pesnel, debout devant la fenêtre, regardait la nuit. Célestin, les yeux perdus dans les flammes, se repassait mentalement l'interrogatoire du comte.

— C'est impensable, maugréa Pesnel. Comment cet homme a-t-il pu perdre la raison à ce point ?

— Commandant Pesnel, dit doucement la religieuse, je vous rappelle que M. le comte se trouve ici, devant vous.

— Mais il n'entend rien !

— Qu'en savons-nous ?

Pesnel, contrarié, se pinça les lèvres, puis s'approcha de Célestin.

— Vous avez une explication ?

— La comtesse et sa fille, les deux femmes de sa vie. Toutes deux l'ont trahi. Petit à petit, le comte a perdu la notion des choses.

— Il n'en donnait aucunement l'impression.

Le policier leva les yeux vers l'officier. Il partageait les doutes de Pesnel, quelque chose ne collait pas, mais il avait besoin d'encore un peu de temps pour y voir clair, et surtout pour étayer ses soupçons. Et, pendant ce temps, il n'était pas question de remettre en cause la culpabilité du comte d'Amberville. Après tout, il était passé aux aveux. Le juge Marty entra, le visage décomposé, évitant à Célestin de répondre au commandant. Le gros homme s'immobilisa à l'entrée de la chambre, en secouant la tête.

— C'est terrible... Cette histoire va faire du bruit, vous savez.

Enfin, il se décida à avancer et se laissa tomber dans un fauteuil qui gémit sous son poids.

— Je suis venu sans mon greffier, annonça-t-il à l'intention du jeune policier. Je désirais d'abord vous entendre seul à seul. Ensuite, nous reprendrons tout cela d'une façon plus officielle.

La sœur Henriette se leva, Marty l'arrêta d'un geste.

— Je vous en prie, ma sœur, restez, M. le comte peut avoir besoin de vos soins. Et vous aussi, commandant.

Pesnel acquiesça et regagna la fenêtre. En quelques phrases précises, Célestin résuma au juge d'instruction son entretien avec le comte, et termina par les aveux, la tentative de meurtre et la courte bagarre.

— Vous avez récupéré son arme ?

Le policier prit le revolver qu'il avait posé sur la cheminée et le tendit au juge. Pesnel crut bon d'intervenir.

— C'est un revolver d'ordonnance, le modèle réglementaire de l'armée française à la fin du siècle dernier. On l'utilise d'ailleurs encore aujourd'hui. Le comte l'aura eu lorsqu'il a fait ses armes à Saumur.

— N'était-il pas tenu de le rendre ?

L'officier eut un geste évasif. Marty examina le revolver, l'ouvrit et fronça les sourcils.

— Vous l'avez déchargé ?

— Non. Il n'était pas chargé.

— Vous voulez dire que le comte d'Amberville vous a menacé avec une arme inoffensive ?

— Je ne pouvais pas le savoir.

— Lui le savait.

— C'est aussi ce que j'ai pensé.

D'un coup sec, le juge d'instruction referma le revolver et le posa près de lui en soupirant.

— Bien sûr... Vous êtes très malin, inspecteur Louise, très malin. Montrez-moi ce bijou dont vous venez de me parler.

Célestin lui confia la broche en forme de serpent.

— Pourquoi ne pas m'avoir fait part de cette découverte ?

— Je pouvais m'être trompé, j'avais peut-être mal vu, ce bijou aurait pu être là depuis longtemps… Je voulais vérifier que je n'étais pas sur une fausse piste.

— Oui, vous vous êtes fichu de moi, conclut Marty, pas dupe. Mais il m'est difficile de vous en vouloir, puisque nous tenons désormais le coupable. Un bien pitoyable coupable… Et vous, commandant Pesnel, que pensez-vous de toute cette affaire ?

— Qu'il était temps qu'elle se termine.

— J'ai vu en arrivant que les consignes de sécurité étaient maintenues… Ne sont-elles pas superflues, désormais ?

— Nous n'avons encore rien dit aux hommes.

— Et si vous le voulez bien, monsieur le juge, intervint Célestin, je souhaiterais que les aveux du comte restent secrets pendant quelques jours.

— Encore vos cachotteries ? Qu'est-ce que vous avez derrière la tête, cette fois ?

— Il serait préférable de vérifier les circonstances de chaque meurtre avec le comte avant d'ébruiter sa culpabilité. C'est seulement lorsque nous aurons ses aveux complets et détaillés que nous pourrons lever les consignes de sécurité et le couvre-feu.

— Mais qu'est-ce que vous voulez suggérer ? Qu'il a un complice ? Quelqu'un qui continue à rôder dans le coin, prêt à tuer une fois encore ? Ce fameux Diable Bleu, peut-être ?

— Qui sait ?

Le gros Marty se passa la main sur le front, toussa, et se tourna vers Pesnel.

— Votre avis, commandant ?

— Nos hommes peuvent maintenir leur garde, après tout, cela les réhabitue au front.

— Et que dit Dorique sur l'état de santé du comte ?

— Qu'il faut attendre, qu'il peut reprendre connaissance d'un moment à l'autre, ou rester dans le coma pendant un temps indéterminé.

— Vous n'y êtes pas allé de main morte ! lança le juge à Célestin.

— Je me pensais en état de légitime défense, j'ai réagi comme j'ai pu. C'est du reste, à l'évidence, ce que souhaitait le comte. Je crois même qu'il s'attendait à une riposte plus violente de ma part.

— À ce que vous lui tiriez dessus, par exemple ?

— Ce n'est pas à exclure.

— Autrement dit, une forme assez tordue de suicide ?

— Je peux me tromper.

Le magistrat s'avachit encore un peu plus dans le fauteuil, respira bruyamment et s'adressa à la sœur Henriette.

— Ma sœur, je compte donc sur votre discrétion. Nous allons attendre le rétablissement du comte d'Amberville avant de faire quoi que ce soit.

Il pointa le doigt sur Célestin.

— Quant à vous, j'espère que vous ne m'avez pas raconté de sornettes !

Du coup, Pesnel lança au jeune homme un regard soupçonneux. Dans son inconscience, le comte poussa un gémissement.

Longtemps, Célestin se souvint des jours qui suivirent comme d'un temps immobile. Un nuage semblait s'être fixé sur le château et ses environs, une brume de chaleur qui jetait un voile irréel sur le parc et la campagne. Les choses paraissant se calmer, le médecin-major Vincent était venu, sous bonne escorte, faire une nouvelle visite et renvoyer au front son quota d'hommes plus ou moins rétablis. D'autres blessés étaient arrivés, à qui on avait raconté les meurtres et qui s'inquiétaient des précautions prises jour et nuit. Les zouaves assuraient désormais la plupart des gardes. La maladie du comte était officiellement due à la série d'assassinats, de même que l'absence de sa fille, que tous les soldats regrettaient. Aux nouveaux arrivants, les anciens avaient fait d'elle un portrait si évocateur qu'à distance ils en étaient amoureux. Le fantassin Nasson avait demandé à Célestin si elle pouvait devenir sa marraine de guerre.

— Je ne crois pas. La guerre et les soldats, à mon avis, elle en a marre.

— On dit pourtant qu'elle est gentille, et douce…

— Oublie-la, Alphonse. Et ne pense qu'à une chose : guérir.

— Le docteur dit que je vais récupérer ma jambe, mais que je vais boiter. Ça m'empêchera pas de travailler à la ferme, mais je serai peut-être moins rapide qu'avant. En tout cas, je retournerai pas au front. Vous vous battrez sans moi.

— On essaiera de se débrouiller quand même !

L'épaule de Célestin était presque guérie. Il avait cicatrisé plus vite que prévu et le major Vincent l'aurait réintégré s'il n'avait pas reçu l'ordre de lui accorder encore un délai, le temps de conclure son enquête. Le sursis du jeune policier était donc suspendu à l'état de santé du comte d'Amberville. Les deux lettres qu'il attendait arrivèrent ensemble, quatre jours plus tard. La première venait de Paris, elle était à l'en-tête de la préfecture de police. C'était le commissaire Minier qui lui répondait.

Mon cher Louise, vous avez décidément le don de vous fourrer dans des histoires impossibles. La série de crimes que vous décrivez est particulièrement terrible, et j'espère que vous saurez démasquer le coupable, qui mérite un châtiment exemplaire. J'ai effectué la petite enquête que vous me demandiez, j'ai téléphoné à la préfecture de Quimper et un collègue, le commissaire Le Strat, est allé vérifier à Pont-Aven, au manoir de Kerminy où résident effectivement des cousins des Amberville. On n'y a pas vu Laure d'Amberville, ou alors c'est qu'elle se cache bien ! Et son arrivée par le train n'a pas été signalée. Il faut croire qu'elle a choisi une autre villégiature. Ou que son père vous aura menti. Je vous fais confiance pour démêler cet imbroglio. *Par ailleurs, mon collègue le commissaire Philippe Hamon, qui a été nommé par le contrôleur général Jules Sébille à la tête des brigades volantes, a réclamé votre intégration à son effectif. Sa demande est appuyée par le ministre, rien de moins. Il faut croire que l'affaire Renault vous a valu des admirateurs. Je ne peux pas m'opposer à cette requête, mais je vous avoue que c'est à regret que je vous verrai quitter la police parisienne. À l'issue de votre convalescence, il a été convenu de vous attribuer une semaine de permission pour prendre les premiers contacts avec votre nouvelle unité. Ils vous proposeront sans doute de démarrer immédiatement avec eux, mais je les ai prévenus que vous ne vous déroberez pas devant votre devoir de soldat. C'est, du reste, tout à votre honneur. À bientôt donc, cher Louise, et bonne chance.*

Célestin replia la lettre. Le comte d'Amberville lui avait donc menti une seconde fois. Il tenait à préserver sa fille, à la mettre à l'abri de tout interrogatoire. Dans l'état où il était, quand bien même il reviendrait à lui, il serait délicat de lui arracher la retraite de Laure. Sa nomination aux Brigades du Tigre, par ailleurs, laissait le jeune homme indifférent. Il avait été heureux de travailler à Paris, une ville qu'il connaissait bien, où il avait grandi et où résidait sa sœur. Mais il partageait la conception de Célestin Hennion, le directeur de la Sûreté mort l'année précédente, concernant une police moderne, une police qui ne serait pas coincée par les juridictions et qui saurait mettre au service de la justice et des citoyens les moyens modernes que les voyous n'hésitaient pas à utiliser : armes, téléphone, explosifs, véhicules automobiles… La vraie bonne nouvelle restait pour lui cette semaine de permission qui lui permettrait de revoir Gabrielle et aussi Éliane, la toute jeune femme dont le sourire et la douceur venaient parfois hanter ses rêves[1]. En ouvrant le second pli, il se rappela brusquement qu'il avait laissé passer l'anniversaire de Sarah, la petite fille d'Éliane. Il se promit de lui écrire dans l'après-midi. L'autre lettre était courte : on lui renvoyait son courrier à l'adresse du soldat Tennac, en lui signalant que ledit soldat était mort au front au cours d'une vaste opération du 115e régiment d'infanterie, opération qui avait permis de reprendre à l'ennemi le lieu dit « Croix des Saules ». Le communiqué précisait en outre que le soldat Tennac avait été cité à titre posthume à l'ordre de l'armée.

1. Voir *La Cote 512* et *L'arme secrète de Louis Renault, op. cit.*

CHAPITRE 11

La traque

La sœur Henriette soupira : le comte d'Amberville n'avait pas repris connaissance. Il respirait encore faiblement, mais le pronostic du docteur Dorique était plus que réservé. Elle regarda le vieillard avec inquiétude. Pâle, le visage amaigri, il portait déjà sur lui l'empreinte de la mort, ces traces infimes qu'elle connaissait trop et qui signifiaient que le malade n'avait plus en lui la force ou le désir de se battre pour survivre. La religieuse arrangea la corbeille de fruits et les fleurs posées sur la table de chevet puis jeta un coup d'œil par la fenêtre. C'était le milieu de l'après-midi, mais on voyait à peine jusqu'à l'entrée des jardins. Ce brouillard tenace lui portait sur les nerfs. Il angoissait aussi les soldats blessés, et ceux qui pouvaient se déplacer ne s'aventuraient pas plus loin que l'esplanade devant le perron. Ils se parlaient peu, et même les joueurs de cartes étouffaient leurs paroles. En attendant de pouvoir interroger le comte d'Amberville, le juge Marty avait déjà préparé ses conclusions, impatient de boucler un dossier qui lui brûlait les doigts et lui valait régulièrement des interventions de sa hiérarchie, préoccupée par le déroulement d'une affaire peu commune impliquant à la fois l'armée et l'aristocratie locale. Le gros magistrat, transpirant dans l'atmosphère trop lourde, débarquait chaque jour au château. Il venait s'enquérir de l'état de santé du comte, puis, invariablement, se mettait à harceler Célestin dont il n'avait pas digéré ce qu'il considérait comme des cachotteries. En vérité, il estimait avoir été ridiculisé par le policier, et sa méfiance du début s'était muée en franche hostilité.

— J'ai beau tourner et retourner le problème, je me demande jusqu'à quel point je peux vous faire confiance, inspecteur Louise.

— Vous pensez que je vous ai menti ?

— Pour être franc, je n'en sais rien.

— Et qu'aurais-je à y gagner ?

— Quelques jours de sursis. Votre état de santé vous permettrait de retourner vous battre, j'en ai eu la confirmation par le major Vincent.

— Je vous rappelle que ma fonction à la préfecture de police aurait pu m'éviter de partir au front.

— Oui, soit… Et si vous vous étiez mis dans la tête de protéger quelqu'un ?

— L'assassin ?

— Le meurtrier, ou son complice, que sais-je ? Cette affaire est suffisamment embrouillée. Vous prétendez avoir rencontré le Diable Bleu, comme on l'appelle, vous prétendez également avoir reçu les aveux du comte d'Amberville que vous avez vous-même assommé… Il y a de quoi se poser des questions.

— Pourquoi insisterais-je, dans ce cas, pour refaire son interrogatoire ?

— Vous savez comme moi qu'il a peu de chances de reprendre connaissance.

— Je n'ai pas ce cynisme, monsieur le juge. Je suis comme vous, je veux connaître la vérité, et j'ai l'intuition que le comte ne m'a pas tout dit.

Marty fit quelques pas dans l'antichambre et s'essuya le front en regardant par la porte vitrée le voile opaque qui enveloppait le château.

— J'ai des raisons de me méfier de vous, inspecteur. Ne serait-ce que pour ce bijou dont vous ne m'aviez pas parlé. Mais une seule chose m'importe vraiment : pensez-vous qu'il puisse y avoir d'autres crimes ?

— Je n'en sais rien.

— Vous admettez donc la possibilité que le comte ait un complice ?

— Il y a une part d'ombre dans cette affaire, monsieur le juge, et tant qu'elle ne sera pas élucidée un risque demeure.

— Bref, vous ne voulez rien me dire, vous jouez votre partie de votre côté, quitte à mettre des vies en danger.

— Je ne vous laisserai pas dire ça, monsieur. Vous considériez vous-même le comte d'Amberville comme au-dessus de tout soupçon.

Marty jeta à Célestin un regard vindicatif, ouvrit la porte et s'éloigna sans un mot de plus. La brume l'engloutit bien avant qu'il n'arrive à sa voiture.

La sœur Henriette tira les rideaux de la haute fenêtre. Le brouillard persistant faisait venir la nuit plus tôt, et le parc était déjà dans l'obscurité. La veilleuse éclairait faiblement le grand lit sur lequel reposait le comte d'Amberville. De plus en plus faible et amaigri, le vieil homme semblait pouvoir s'éteindre à chaque minute. Lorsqu'elle l'avait soulevé pour arranger les oreillers, la religieuse l'avait trouvé bien léger, elle avait eu l'impression de tenir un enfant dans ses bras. Pourtant, un court instant, il avait ouvert à demi les paupières et l'avait regardée, puis avait de nouveau fermé les yeux pour retomber dans l'inconscience. La sœur prit la petite bassine et le linge avec lesquels elle lavait le visage et les mains du moribond et quitta la pièce. Elle referma doucement la lourde porte derrière elle et s'engageait dans le couloir lorsqu'un frôlement la fit se retourner. Une forme vague que la nuit tombante empêchait de distinguer semblait littéralement sortir d'un mur.

— Mon Dieu…

Sœur Henriette n'était pas froussarde. Une fois la première surprise passée, elle posa linge et bassine sur un vieux coffre et s'avança vers la silhouette qui s'était immobilisée devant la porte d'une des chambres inoccupées.

— Qui êtes-vous ? Que faites-vous là ? demanda-t-elle d'une voix ferme.

Comme elle approchait de l'apparition, celle-ci pénétra dans la chambre.

– Attendez… Arrêtez ! Vous n'avez pas le droit…

La sœur hésita une seconde, puis entra à son tour dans la chambre. La pièce, vaste et sombre, était inhabitée depuis de longs mois. De la poussière couvrait les meubles, et une araignée avait fait sa toile entre les montants du baldaquin. Immobile au seuil de la porte, la religieuse, les yeux écarquillés, s'efforçait d'y voir quelquc chosc. Mais rien ne bougeait. La créature qu'elle avait suivie avait proprement disparu. Il aurait fallu de la lumière. Sœur Henriette, alarmée par les meurtres dont, à titre personnel, elle se refusait à rendre le comte responsable, se retira et se hâta jusqu'à l'escalier. En bas, une sentinelle algérienne veillait. La sœur commença à lui raconter ce qu'elle venait de voir, mais le zouave parlait mal le français et ne la comprenait pas. Elle se tourna alors vers la salle de soins, au moment où Célestin en sortait. Il vit tout de suite son état d'agitation.

– Que se passe-t-il, ma sœur ? C'est le comte qui…

– Il ne tiendra plus longtemps, hélas ! Mais il ne s'agit pas de lui : j'ai vu quelqu'un, là-haut.

– Quelqu'un… Un soldat ?

– Non, je ne crois pas. Il y faisait trop sombre, je n'ai pas bien vu. C'était juste une silhouette, elle s'est engouffrée dans une chambre et là, elle s'est comme volatilisée.

La nuit de la mort de Galade revint immédiatement à l'esprit du policier. Il se remémora le meurtrier fantomatique qui avait disparu à l'angle du château.

— Allons-y.

Ils montèrent vivement l'escalier. Cette fois, Célestin avait sorti son revolver. Arrivés au couloir des chambres, ils se précipitèrent vers la porte restée ouverte. Au passage, sœur Henriette avait pris une lampe à huile qu'elle maintenait au-dessus de sa tête. À la lueur de la flamme, la pièce paraissait encore plus désolée. Un miroir piqué d'humidité renvoya à Célestin sa propre image, un reflet voilé que prolongeait l'ombre portée sur le mur.

— Approchez, ma sœur… Regardez ces traces, dans la poussière. L'individu s'est dirigé vers la cheminée.

Curieusement, les pas s'arrêtaient net devant l'âtre. Le jeune homme prit la lampe des mains de la religieuse et l'approcha du mur. La poussière avait disparu le long d'une étroite fente qui dessinait la forme d'une petite porte.

— Il y a un passage, ici, une porte dissimulée.

Il rendit la lampe à la sœur et chercha un mécanisme susceptible de provoquer l'ouverture du passage secret. Une moulure, dans le montant gauche de la cheminée, céda sous son doigt et une partie de la cloison pivota, dévoilant un étroit passage creusé dans l'épaisseur du mur.

— Voilà par où est passée votre mystérieuse apparition !

Reprenant la lampe, il s'avança, suivi par la religieuse, plus curieuse qu'effrayée. Au bout de quelques mètres, le corridor secret s'arrêtait net, interrompu par une surface lisse.

– Là aussi, ça devrait pouvoir s'ouvrir, murmura Célestin entre ses dents.

Il passa la main sur la paroi et rencontra un simple loquet, un mécanisme ordinaire que le policier actionna doucement. Il entrouvrit le panneau. Une lueur filtra dans le passage. Appliquant son œil, Célestin reconnut immédiatement l'ameublement de la chambre.

– Nous sommes revenus dans la chambre du comte, souffla-t-il à la sœur Henriette.

– Alors allons-y, entrons ! l'encouragea la sœur qui, décidément, ne manquait pas de courage.

Revolver en main, il poussa la porte dérobée et pénétra dans la pièce. Il se figea en reconnaissant Laure d'Amberville, en tenue de cavalière, debout près du lit de son père. Elle lui tenait la main, qu'elle lâcha en voyant Célestin.

– Mademoiselle d'Amberville ! Vous n'êtes donc pas partie…

Le jeune homme n'eut pas le temps d'achever sa phrase. Laure avait attrapé le vase sur le guéridon et l'avait projeté violemment vers lui. Il n'eut que le temps de se baisser, le vase alla s'écraser contre le mur, aspergeant Célestin et la sœur Henriette qui se protégèrent du bras. En deux secondes, la fille du comte fut à la porte de la chambre.

– Arrêtez ou je tire !

Laure se garda bien d'obéir, elle se précipita dans le couloir et dévalait comme une folle les escaliers quand Célestin se lança sur ses talons.

— Alerte ! Arrêtez cette femme !

Le zouave posté en sentinelle au bas des marches se leva d'un bond et sortit son couteau. La jeune femme était déjà face à lui. Sans une hésitation, elle brandit un petit revolver et fit feu à deux reprises. Le soldat s'écroula. Laure, en quelques secondes, était déjà dehors. Arrivant à son tour dans le hall, Célestin se pencha sur la sentinelle inanimée. La sœur Henriette apparaissait.

— Il vit encore, ma sœur, occupez-vous de lui.

Puis il hurla de toutes ses forces, afin d'ameuter le plus d'hommes possible. Il débouchait sur la terrasse quand une balle ricocha sur le linteau de la porte. Il dut se replier et se mettre à l'abri. Une petite brise s'était levée sur le parc, chassant d'un coup la brume. Du perron, à l'autre bout du château, les deux Bretons, Keriou et Le Gall, arrivaient en trottinant, courbés en deux. Eux aussi se mirent à couvert en entendant le coup de feu.

— Ça va, Louise ? cria Keriou, accroupi derrière la rampe de pierre.

— Ça va ! Restez à l'abri pour le moment !

— Qui a tiré ?

— Laure d'Amberville.

— Elle a été attaquée ?

— Au contraire : c'est elle qui nous tire dessus. C'est elle, la meurtrière.

Un silence accueillit la révélation.

— Je n'ai pas le temps de vous expliquer maintenant. Cette femme est dangereuse. Il faut absolument l'empêcher de s'échapper.

Deux zouaves avaient rejoint le policier. Il allait donner l'ordre de se lancer à l'assaut quand le bruit d'une cavalcade déchira la nuit. Laure d'Amberville, juchée sur son cheval qu'elle montait à cru, traversait au galop le parc, sous les rayons timides d'une lune qui se levait.

— Arrêtez-vous ! hurla Célestin. Arrêtez-vous ou je tire !

Déjà, la cavalière franchissait la limite du jardin et parvenait au bassin. Célestin, au jugé, vida son revolver. Au quatrième coup de feu, le cheval trébucha, puis tomba sur le flanc. La fugitive parvint à esquiver le corps qui s'affaissait et à dégager sa jambe *in extremis*. Abandonnant sa monture blessée, elle se mit à courir vers le fond du parc. Emmenés par Célestin, les soldats se lancèrent à sa poursuite. La silhouette agile de la jeune femme disparaissait parfois dans l'ombre d'un arbre ou derrière un massif. À plusieurs reprises, le policier crut la perdre. Il se demandait ce qu'elle avait l'intention de faire quand il se souvint de la petite porte ouvrant dans le mur d'enceinte, et donnant dans la forêt. Avisant Le Gall, que sa blessure ralentissait, il lui cria d'alerter le juge d'instruction et surtout les gendarmes.

— Tous les hommes disponibles doivent nous aider, elle va tenter de se cacher dans les bois, il faut l'en empêcher.

Ainsi que Célestin l'avait prévu, Laure d'Amberville se glissa hors du parc par la petite porte de fer. Un court instant, sa silhouette se détacha sur le rectangle plus clair de l'ouverture, mais le policier ne tira pas. Accélérant l'allure, il parvint au mur d'enceinte au moment où la fugitive pénétrait dans la forêt. Elle se fondit dans les ombres du sous-bois. Il devenait trop dangereux de la poursuivre en formation. Célestin s'adressa à Le Gall et Keriou qui arrivaient sur ses pas.

— Je vais y aller seul. Mettez-vous en embuscade en bordure de la forêt. Voyez avec les gendarmes pour surveiller la gare et les routes. Est-ce que vous savez si cette forêt rejoint le bois des Tuffes ?

— Oui, je crois bien, répondit Keriou, il suffit de passer la route d'Amberville, là où il y a le petit pont.

— Comment tu sais ça, toi ?

— Ben… C'est Léontine qui m'a parlé du coin…

— Parfait. Vois avec Pesnel pour organiser les patrouilles en lisière.

— Tu vas pas y aller tout seul ?

— C'est comme ça que j'ai le plus de chances de la coincer. Je suis presque sûr qu'elle va se réfugier dans le bois des Tuffes. Retrouvez-moi là-bas dès qu'il fera jour.

La lune éclairait à peine les sous-bois. Célestin avançait au jugé, trébuchant sur des branches mortes, le visage griffé par des ronces ou soudain enveloppé dans des toiles d'araignées tissées entre deux arbres. Il s'arrêta et se colla contre un tronc, tendu, l'oreille aux aguets. Il lui sembla entendre un bruit de course tout près. Était-ce Laure ou un animal dérangé dans son gîte ? Un hibou mécontent manifesta son irritation et s'envola dans un grand battement d'ailes. Le policier rechargea son arme qu'il remit dans sa poche et reprit sa progression difficile. Bientôt, il rejoignit le cours d'eau noir et luisant qui faisait dans sa courbe un tourbillon inquiétant. De nouveau, il fit halte, s'efforçant de calmer sa respiration pour mieux écouter les bruits de la forêt. Cette fois, il n'y avait rien que le léger glouglou de l'eau et, plus haut, le vent d'été dans la cime des arbres.

— Laure ! cria-t-il. Arrêtez-vous ! Vous n'avez aucune chance de vous en sortir ! Je suis au courant de tout ce qui vous est arrivé. Vous pourrez vous défendre, vous n'irez peut-être pas en prison. Il faut vous soigner.

Ses cris se perdirent dans la nuit. Comme il l'avait fait dans le bois des Tuffes, il se mit à suivre le cours de la rivière et parvint ainsi au petit pont sur la route d'Amberville qu'il traversa plié en deux. À chaque instant, il redoutait un nouveau coup de feu. Il allait s'enfoncer dans le bois quand le bruit d'un moteur l'alerta. Les deux phares ronds d'une voiture automobile approchaient à vive allure. Il se planta au milieu de la chaussée et fit de grands signes. Par chance, la lune était claire et le conducteur le vit immédiatement, il freina en catastrophe et se gara sur le bas-côté. C'était le véhicule des gendarmes. Célestin leur résuma la situation en quelques mots, et les deux agents, malgré ses réticences, décidèrent de l'accompagner dans sa traque. Curieusement, le brigadier n'avait manifesté aucune surprise à l'annonce de la culpabilité de Laure d'Amberville, montrant en cela moins de prévention que le gros Marty. Dès lors que les deux pandores l'accompagnaient, il n'était plus question pour le policier d'entamer un dialogue avec la fugitive, mais seulement de la neutraliser. Sans s'écarter du cours d'eau, les trois hommes parvinrent bientôt à la partie du bois où Célestin avait repéré les traces du Diable Bleu. La pauvre cabane était vide. Ils traversèrent la clairière et continuèrent sur un chemin qui montait en pente raide vers un espace plus dégagé au-dessus duquel se dévoilait le ciel de nuit.

– On approche des carrières, murmura le brigadier.

Soudain, légèrement en surplomb des trois poursuivants, sur l'écran bleu sombre tout piqué d'étoiles, se détacha la silhouette de Laure d'Amberville. Elle avait dénoué ses cheveux que la brise faisait flotter autour de son visage, tache plus pâle dans le gris de la nuit.

– Halte ! Halte ou je tire ! cria le second gendarme en brandissant son pistolet.

La jeune femme s'immobilisa un court instant, puis se remit à courir. Le gendarme tira une première fois en l'air, sans affecter la course de la fugitive. Il ajusta son tir, visant la forme qui s'éloignait. Au moment où il pressait la détente, une forme indistincte se jeta sur lui. Le coup de feu se perdit dans les arbres tandis qu'une lutte violente, féroce, s'engageait.

— Laissez-la partir ! hurla une voix que Célestin reconnut immédiatement.

— Eugène ! Calme-toi, on ne lui fera pas de mal !

Aidé par le brigadier, il voulut intervenir pour dégager le gendarme, mais il était trop tard. Le Diable Bleu avait plongé son coutelas dans le ventre de son adversaire qui poussa un râle et se recroquevilla sur le sol. Sans hésiter, le brigadier tira à son tour sur Coussan qui se retournait vers lui. Sa lame ensanglantée brillait sinistrement dans un rayon de lune filtrant à travers les feuillages. Au premier coup de feu, le déserteur se figea.

— Eugène ! Lâche ton arme ! ordonna Célestin.

Mais l'autre ne l'entendait déjà plus. Il fit un pas en avant et le brigadier lui logea encore deux balles dans le corps. Alors Coussan tomba d'un coup en avant et resta sans bouger sur le sol. Louise se précipita pour lui arracher le couteau de la main, puis il retourna doucement le corps et se pencha sur le Diable Bleu. Posant ses doigts sur son cou, il tenta de sentir son pouls, mais l'homme était mort. Le brigadier, lui, avait rejoint son collègue qui se tenait le ventre en haletant.

— Tiens bon, Sylvain, on va aller chercher du secours.

Célestin arriva à son tour, il sut tout de suite que le gendarme allait mourir, il en avait trop vu sur le champ de bataille, les tripes déchirées par les balles de mitrailleuses ou les shrapnels. Il fit un signe de la tête au brigadier dont le visage se durcit.

— La saloperie, siffla-t-il, je vais me la faire !

D'un bond, il fut debout et se mit à courir sur le chemin, l'arme au poing. Célestin le suivit.

— Mettez-vous à couvert, bon sang ! Elle va vous dégommer comme un lapin !

Le brigadier se rapprocha des arbres qui bordaient le sentier et, d'un geste du bras, invita Célestin à s'avancer de l'autre côté.

— Qu'est-ce qu'il y a au bout, en haut ? demanda le policier.

— C'est un cul-de-sac : le chemin se termine en aplomb qui donne sur une carrière. Elle n'a aucune issue.

— Alors laissez-moi faire.

— Pas question : elle a tué mon adjudant.

— Et elle a assassiné cinq des nôtres. Je veux la voir passer en justice.

— Et moi, je veux la voir morte !

Ils étaient arrivés sur une zone de lande et de roches, sans arbres. L'éclat blanc de la lune accentuait la désolation de cet endroit balayé par le vent et qui semblait déboucher sur le vide. Laure avait disparu. Les deux hommes, arrivant chacun d'un côté, s'avancèrent doucement, en évitant de faire du bruit. Tous deux pointaient leurs armes vers la grande tache blafarde du ciel. Et, tandis qu'entre eux l'espace à explorer se réduisait à quelques mètres carrés, la jeune femme sortit de derrière un gros rocher rond qui évoquait le dos râpeux d'un monstre souterrain. Elle ne portait plus d'arme. Nimbée de lune, ses cheveux flottant dans la brise, elle ne montrait de son visage éclairé à contre-jour que l'éclat de ses grands yeux clairs.

— Ne bougez plus ! Levez les mains ! ordonna le brigadier.

Laure d'Amberville demeura immobile, puis fit un pas en arrière, avec une extrême lenteur.

— Ne bougez plus ou je tire ! cria le gendarme.

Célestin s'interposa entre lui et sa cible.

— Ne tirez pas, brigadier. Je m'occupe d'elle.

Il se rapprocha de la jeune femme qui fit encore un pas vers le vide.

— Merci... murmura-t-elle quand le jeune homme fut à portée de voix.

— Pourquoi me remerciez-vous ?

— Parce que je ne vais plus tuer. Grâce à vous.

— C'est pour cette raison que vous m'avez épargné ? Vous avez eu mille fois l'occasion de me tirer dessus.

— Il fallait bien que cela se termine, n'est-ce pas ? Il y en a trop, je ne peux pas tuer toutes ces brutes, tous ces hommes qui sont devenus des assassins, qui ne savent plus que massacrer, piller, violer !

— Vous auriez pu vous cacher. Votre père était prêt à endosser vos crimes.

— Mon père ?

Elle éclata d'un rire où perçait la folie.

— Mon père est mort il y a longtemps, sur les rives d'un fleuve d'Afrique.

— Le comte d'Amberville... Il vous aime.

— Le comte est un homme que ma mère a été

forcée d'épouser, qu'elle n'a jamais aimé et qui a brisé sa vie. Il ne m'aime pas, il n'aime que le souvenir d'une femme qui n'a jamais vraiment été à lui. C'est elle qu'il voyait lorsqu'il me regardait. Moi, je n'ai jamais été qu'une orpheline !

Il y eut un moment de silence, les derniers mots de la jeune femme se perdirent dans les arbres, leur écho fut renvoyé par le vide de la carrière, derrière elle.

— Laissez-la-moi, Louise, laissez-la-moi !

Le ton du brigadier était haineux. Il bouscula Célestin et se trouva à son tour face à Laure d'Amberville. Celle-ci avait encore reculé, elle était debout sur un petit affleurement rocheux au-dessus du vide.

— Adieu ! lança-t-elle en se laissant tomber en arrière.

Son corps tombait comme une pierre vers le sol de la carrière, à trente mètres plus bas, quand le coup de feu du brigadier claqua dans le vide.

Un jour radieux se levait déjà lorsque le petit détachement parvint à la carrière. Dirigés par Célestin, il y avait là les deux Bretons, Le Gall et Keriou, et deux zouaves. Ils n'eurent aucun mal à trouver le corps disloqué de la jeune châtelaine. Curieusement, son visage n'avait pas souffert du choc et ses deux grands yeux ouverts contemplaient le ciel d'été. Célestin la regarda longuement. Elle était toujours aussi belle. Il la revit assise à son clavecin, puis superbe sous la pluie d'orage. Au fond, lui aussi avait commis la même erreur que le juge Marty, mais pour des raisons différentes. Il avait cédé à la fascination qu'exerçait Laure d'Amberville, au point d'attendre trop longtemps pour envisager sa folie meurtrière. Il se pencha sur le corps sans vie et referma les paupières de la jeune femme. Derrière lui, les quatre soldats, embarrassés, n'osaient pas bouger. Il donna l'ordre de placer le cadavre sur la civière qu'ils avaient apportée. Il couvrit lui-même la morte d'une couverture puis, chacun des hommes tenant une des poignées du brancard, retournèrent vers le château. Insensibles à la tristesse de cet étrange cortège, les oiseaux chantaient le nouveau jour et le soleil revenu. Après quelques minutes de marche, Le Gall s'enhardit à questionner Célestin.

— Comment vous avez su que c'était elle ?

— Quand je l'ai poursuivie, après la mort de Galade, elle avait perdu un bijou qui appartenait à sa famille. Soit dit en passant, cette nuit-là aussi, elle a dû s'échapper par un souterrain, il faudra fouiller autour du pigeonnier.

Une belette effrayée traversa le chemin, juste devant eux.

— J'ai pensé un moment qu'il pouvait y avoir quelqu'un d'autre caché au château, peut-être un cousin ou un demi-frère. Je n'arrivais pas à accepter qu'elle ait pu tuer tous ces hommes de sang-froid…

— Elle les soignait le jour et les assassinait la nuit.

— Elle avait perdu la boule, commenta Keriou.

— Comme tu dis. C'était une jeune femme fragile qui avait perdu sa mère trop tôt, dans des circonstances particulièrement dramatiques. Et puis des soldats qu'elle avait soignés ici l'ont violée...

— Ma doué ! s'exclama Le Gall. Mais pourquoi se venger sur les innocents ?

Il n'y avait pas de réponse à la question du jeune poilu. Ou trop de réponses... Ils continuèrent en silence. Puis, peut-être pour se donner du courage, peut-être aussi pour conjurer la tristesse, un des soldats arabes se mit à chanter un air syncopé, une mélopée lancinante qui les accompagna jusqu'au château. Comme ils descendaient la grande allée des marronniers, la couverture glissa, dévoilant le visage de la morte. Ses yeux s'étaient rouverts et, cette fois, Célestin n'essaya pas de les refermer. Il se contenta de remettre le tissu en place. La voiture du juge d'instruction était garée sur l'esplanade. Comme s'il les avait guettés depuis l'aube, le gros magistrat dévala les marches du perron pour venir à leur rencontre.

— Le brigadier m'a fait son rapport. C'est épouvantable ! Vous saviez, n'est-ce pas ?

Célestin, sans répondre, donna l'ordre aux hommes qui le suivaient de poser la civière. Marty regarda la forme sous la couverture.

— C'est elle ?

Il fit un geste vers le corps, puis se ravisa.

— Le comte d'Amberville est mort cette nuit, lui aussi, quasiment au même moment que sa fille. Je devrai donc me contenter de votre récit, inspecteur. D'après vous, il a tenté de protéger sa fille ?

— Ce fut sa dernière façon de lui prouver son amour. Mais rien ne pouvait plus la toucher.

— Pensez-vous qu'on puisse reconstituer les meurtres ?

— Difficilement. À nous d'imaginer comment Laure d'Amberville s'est débrouillée. Je vous fais confiance, vous possédez tous les éléments.

Le gros juge regarda Célestin par en dessous, essayant de deviner s'il y avait de l'ironie dans ses paroles. Au même moment, Dorique arriva en voiture pour sa visite du matin.

— On m'a prévenu, pour le comte, dit-il en descendant de son véhicule.

L'air consterné, il s'approcha de la civière.

— Encore un meurtre ?

— C'est Laure. Elle s'est donné la mort.

— Mais pourquoi ?

Ni Célestin ni le juge n'eurent le courage de lui répondre.

— Ne me dites pas que… qu'elle était pour quelque chose dans cette horrible affaire ?

Comme on ne lui répondait toujours pas, il se pencha sur la civière, écarta la couverture, examina le visage blême de la morte puis se releva, accablé.

— Que va devenir le château d'Amberville ?

— C'est une question qui dépasse mes compétences, se défaussa Marty. Vous verrez cela avec l'état-major.

Il y eut un moment d'embarras, personne ne savait exactement que faire. Célestin se retourna brusquement vers le jardin. Une ombre se tenait près du bassin. Un instant, il crut voir la jeune femme, paisible, au milieu des fleurs.

CHAPITRE 12

Les Brigades du Tigre

Pendant tout le voyage en train qui le ramenait à Paris, Célestin avait pensé à Laure d'Amberville, cette jeune femme que la folie de la guerre avait rattrapée dans son beau château. Plusieurs fois, tandis qu'il regardait défiler les champs de blé mûr, la colère le prit, une rage sourde dirigée contre tout et rien, un dégoût, plutôt, ou le désir impérieux d'être ailleurs, ne plus être un soldat dans un pays en guerre. Les moissons promettaient, et ces images de paix aiguisaient encore sa tristesse. Personne ne l'avait félicité pour la fin de son enquête à Amberville, le gros juge Marty s'était plongé dans ses dossiers et le brigadier tenait le jeune policier pour plus ou moins responsable de la mort de son collègue. Seuls quelques soldats, soulagés, l'avaient remercié discrètement. Le major Vincent s'était déchaîné et avait renvoyé au front les trois quarts des blessés. Keriou avait dû abandonner Léontine, et avec son compère Le Gall, retourner se battre. Il n'était pas certain, du reste, après la disparition du comte et de sa fille, que le château conservât son statut d'hôpital auxiliaire. À la correspondance du Mans, des permissionnaires qui repartaient au front montèrent dans son compartiment. Les hommes étaient silencieux, résignés. Ils n'entamaient plus la conversation, ils ne prenaient plus de nouvelles de leurs compagnons de voyage tant ils savaient que, partout, la guerre était la même. Célestin descendit à Montparnasse. Cette fois, quelqu'un l'attendait. Il reconnut la silhouette rondouillarde de son collègue Raymond Georges.

— Tu as fait bon voyage ?

— Les voyages, Bouboule, j'en ai ma claque. Je voudrais rester ici et reprendre mon boulot de flic.

— C'est pourtant ce que t'as fait, si j'ai bien compris, dans ton hôpital ? Et puis m'appelle plus Bouboule. C'est pas que ça me vexe, mais c'est rapport à ma fiancée.

Les deux hommes arrivaient sur le boulevard. Une automobile les attendait, et Célestin eut la bonne surprise de retrouver Mathurin Daniel, le vieux chauffeur qui l'avait trimballé pendant toute son enquête sur les plans du FT 17[1].

— L'as des chauffeurs rien que pour moi ? Quel honneur !

— Content de vous revoir, monsieur Louise... Enfin, je devrais dire « inspecteur », mais je m'habitue pas.

— Il n'y a pas d'offense : tu es entré trop tard dans la police.

1. Voir *L'arme secrète de Louis Renault, op. cit.*

— J'aurais préféré garder mon taxi.

Quand la voiture eut démarré, direction le quai des Orfèvres, Célestin reprit la conversation avec Raymond.

— C'est Isabelle Dubreuil, ta chérie ?

— Oui… Je me suis lancé, j'ai suivi tes conseils. Faut dire que je pensais à elle jour et nuit, j'en dormais plus. Au début, elle m'a pris de haut, mais je me suis accroché. Et puis son père est tombé malade, alors elle était contente d'avoir quelqu'un près d'elle, à qui se confier. Bref, le temps a fait son effet.

— Et toi, ta petite affaire ! Sacré Boub… Sacré Raymond ! Et pourquoi tu es venu me chercher ?

— Tout le monde veut te voir. Minier pour te faire ses adieux, et le commissaire Hamon pour t'intégrer le plus vite possible à sa brigade volante. Tu vas pas te marrer, c'est des dingues, là-dedans.

— Et la bande à Bonnot, c'était pas des dingues ? De toute façon, moi, je repars au front. On verra tout ça après la guerre.

— Tu penses qu'elle va durer encore longtemps ?

— Tant qu'il y aura des hommes et des fusils pour se tirer dessus.

Les deux hommes restèrent silencieux le restant de la course. Raymond était dépassé par cette guerre dont il ne percevait que les échos, dont il ne connaissait que les éclopés qui traînaient, chaque jour plus nombreux, dans les rues de la capitale, réclamant aux passants quelques sous qu'on avait bien du mal à leur refuser. Quant à Célestin, il observait la grande ville qui vaquait à ses occupations ordinaires, indifférente au sacrifice des milliers d'hommes qui mouraient chaque jour à l'est.

Le commissaire Minier ne changeait pas. Son bureau était toujours envahi de dossiers débordant de statistiques, le signe, pour lui, d'une police moderne. Il accueillit Célestin avec chaleur.

— Et votre épaule ? demanda-t-il en lui serrant la main.

— Je suis complètement rétabli. Mais cette fois, ça a été moins une.

— Vous en reviendrez, Louise. Vous en reviendrez, parce que votre place est ici, chez les flics.

— Mais plus à la préfecture, semble-t-il.

Minier se rassit, fit mine de faire de la place sur son bureau, y renonça, hocha la tête et revint à Célestin.

— J'ai tout fait pour vous garder avec nous, mais les ordres venaient de très haut. Les Brigades du Tigre, ces fameuses unités volantes, sont devenues une priorité du ministère. Et votre réussite dans l'affaire Renault vous a valu d'excellents rapports.

— Que vous auriez pu nuancer, plaisanta le jeune inspecteur.

— Hélas ! Avec vous, je perds un de mes meilleurs éléments. Mais je ne peux pas vous empêcher de faire carrière.

— D'autant que ce n'est pas cela qui m'intéresse.

— Un bon conseil, Louise : ne refusez jamais une promotion, même si elle vous oblige à vous déplacer ou à changer de service.

— Vous faites allusion à mon caractère ?

— Il vous jouera des tours. Il faut savoir se couler dans la hiérarchie et trouver sa place. Ce qui ne veut pas dire renoncer à ses convictions. Mais je ne vous ai pas fait venir pour vous donner des leçons, seulement pour vous souhaiter la meilleure réussite dans vos nouvelles fonctions. Et vous dire que vous allez nous manquer.

— Je vous remercie, commissaire. Nous aurons l'occasion de nous croiser, je pense.

Les deux hommes se regardèrent, embarrassés, ne sachant que faire de l'émotion qui les étreignait.

— Une dernière chose, commissaire : est-ce que je peux conserver mon arme de service ?

— Je n'y vois pas d'inconvénient, mais je suppose que dans votre nouvelle affectation…

— Il y a des bruits qui courent concernant l'équipement de ces fameuses brigades : les crédits ne suivent pas toujours les déclarations des politiques.

Le commissaire faillit protester, puis se laissa aller à sourire.

— Non, c'est vrai, vous ne changerez jamais.

Célestin passa dans le bureau qu'il partageait avec Raymond Georges. Une photographie d'Isabelle Dubreuil trônait sur le bureau du collègue.

— C'est pour quand, le mariage ?

— Pour l'instant, elle ne veut pas en entendre parler. Elle vient tout juste de me présenter à son père, qui se remet difficilement de son attaque. Elle dit qu'il faut attendre la fin de la guerre.

— Dans ce cas, on va faire un effort pour gagner vite.

— Tu sais, Louise, plus le temps passe et plus je me reproche de ne pas être là-bas.

— Tu es trop gros, Raymond, tu passerais pas dans les tranchées.

L'autre haussa les épaules et, très sérieux, se leva.

— T'as pas vu comme j'ai maigri ? Je me suis mis à la savate, j'ai perdu cinq kilos.

— Dis plutôt qu'elle ne te fait rien à manger, ta belle !

Raymond se rassit, un peu dépité.

— C'est vrai que la gastronomie, c'est pas son rayon.

Il sourit.

— Elle a d'autres qualités.

— Je veux bien te croire, espèce de cochon !

Célestin récupéra son revolver dans un casier métallique, ainsi qu'une boîte de cartouches. Il vérifia rapidement le tiroir de son bureau, les dossiers de vieilles affaires, quelques notes sur des enquêtes en cours… La guerre avait balayé tout ça, rendant presque dérisoires ces pauvres escroqueries, ces petites délinquances au jour le jour. Le moindre assaut des tranchées, la moindre attaque au milieu des obus, des gaz, des barbelés, sous le feu des mitrailleuses, provoquait autant de morts et de blessés qu'une année de criminalité dans les rues de la capitale. Célestin referma le tiroir et regarda une dernière fois la petite pièce où il avait fait ses débuts de policier, la fenêtre aux vitres sales qui laissait à peine passer le soleil, les murs gris, le plan de Paris par arrondissements : il quittait sans regret le Quai des Orfèvres, curieux de découvrir la nouvelle organisation des brigades volantes. Raymond lui fit promettre de passer une soirée avec Isabelle et lui lors de sa prochaine permission. Pour la dernière fois avant longtemps, Célestin Louise descendit le vieil escalier aux marches usées et se retrouva dans la cour. Fidèle à son habitude, Mathurin fouillait dans le moteur de sa Renault, plus par plaisir que par nécessité. L'inspecteur lui tapa sur l'épaule. Le vieux chauffeur se redressa, les mains pleines de cambouis. Il attrapa un chiffon crasseux et s'essuya.

— Alors, vrai de vrai, vous nous quittez ?

— Il paraît que je prends du galon.

— C'est des crâneurs, les gars de la volante. Ils se croient au-dessus des autres. N'allez pas prendre aussi la grosse tête !

— Il y a peu de chances. Et puis, de toute façon, je repars au front dans deux jours.

— Il faut vraiment que vous partiez là-bas ?

Sans répondre, Célestin serra la main de l'ancien taxi, lui souhaita bonne chance et quitta les locaux de la préfecture. Dehors, la Seine étincelait. Un soleil ardent brillait dans le ciel bleu, il allait faire très chaud. Célestin avait juste une petite heure pour manger avant son rendez-vous avec le commissaire Hamon, rue Greffulhe.

Les locaux des Brigades du Tigre n'étaient pas gardés. Aucun planton à la porte, mais juste au rez-de-chaussée un secrétariat où un jeune moustachu taillé en athlète contait fleurette à une jolie brune aux yeux rieurs. Célestin demanda le bureau du commissaire Hamon, les deux autres ne s'en étonnèrent pas et lui indiquèrent l'escalier qui menait à l'étage. Tout avait été repeint à neuf dans les couleurs administratives, gris et crème. Dans le couloir du premier, deux jeunes inspecteurs discutaient armement. L'un d'eux portait une veste en cuir brun, l'autre un gilet gris sur sa chemise ouverte. Célestin les salua et déclina son identité. Le flic en cuir le connaissait de nom. Il lui tendit la main.

— Jacques Froment, inspecteur. Bienvenue à la brigade, Louise.

— Vous saviez que…

— Transparence et communication, ce sont deux des principes du commissaire Hamon. En fait, on se coopte plus ou moins. Mais l'année prochaine, il y aura un concours !

— On avait entendu parler de toi, ajouta l'autre inspecteur, en se présentant, Laurent Gontié. Hamon t'attend, son bureau est au fond du couloir, à droite.

Surpris par la chaleur de cet accueil sans cérémonie, Célestin poursuivit son chemin jusqu'au bureau du chef. La porte était ouverte. Derrière un très large bureau qui supportait un véritable standard téléphonique, un homme d'une trentaine d'années feuilletait nerveusement une pile de rapports. Devant lui, il avait étalé des photographies de malfrats dont il en mettait à mesure certaines de côté. Il était blond, sec, il avait les yeux clairs et ne portait ni barbe ni moustache. Il avait desserré sa cravate, ouvert son col et son gilet et accroché sa veste au dossier de son fauteuil pivotant. À l'accoudoir pendait un holster avec un revolver. Une immense carte de France couvrait tout un mur, on y avait piqué des punaises de couleurs sur certaines villes importantes, où s'étaient installées les autres brigades de police mobile : Lille, Caen, Nantes, Tours, Limoges, Bordeaux, Toulouse, Marseille, Lyon, Dijon et Châlons-sur-Marne. En face, le plan de Paris, un portrait de Clemenceau et un certificat à l'ordre des brigades volantes. Le jeune commissaire leva les yeux et, très simplement, se leva, accordant d'un coup toute son attention au nouvel arrivant.

— Entrez, Louise. Asseyez-vous.

Les deux hommes se serrèrent la main, Célestin s'installa face à Philippe Hamon.

— Je suis heureux que vous ayez accepté de rejoindre notre effectif.

Célestin faillit répondre qu'il n'avait guère le choix, il comprit alors que l'autre le savait mais qu'il désirait se montrer courtois.

— Vous ne le regretterez pas, poursuivit Hamon. Vous nous connaissez de réputation, je vous connais aussi, on m'a relaté vos deux dernières enquêtes, vous correspondez exactement au profil que je recherche pour mes hommes : courageux, débrouillard, loyal, susceptible de prendre des initiatives, et pas forcément à cheval sur tous les règlements. Enfin, ce dernier point doit rester entre nous.

Hamon prit le temps d'examiner Célestin avant de poursuivre.

— La nouvelle criminalité, celle que nous avons brutalement découverte avec les méfaits de la bande à Bonnot, nous impose de réinventer la police. Nous devons être capables de rendre coup pour coup, de nous déplacer aussi vite que les voyous, d'utiliser un arsenal qui les tienne en respect, de croiser les informations sur tout le territoire, bref, nous devons nous moderniser aussi vite qu'eux.

— Nous avons pris du retard.

— Je ne vous le fais pas dire. Aussi mettons-nous les bouchées doubles. Nous avons les crédits suffisants pour faire fonctionner des antennes dans toutes les régions de France, nous disposons de véhicules automobiles et d'un réseau téléphonique efficace. Nous n'avons aucune limite de juridiction, le législateur a fort bien compris que nous devions être opérationnels sur l'ensemble du territoire français. Tout n'est pas parfait : il nous faudrait un armement plus performant, mais l'armée est prioritaire, vous êtes bien placé pour le savoir.

L'image du champ de bataille revint aux yeux de Célestin, avec son invraisemblable gâchis d'hommes et de matériel. Il acquiesça.

— À propos, poursuivit le commissaire, comptez-vous repartir au front ?

— Je serais incapable de travailler ici en sachant ce qui se passe là-bas.

— Pourtant, votre enquête sur le char Renault[1]…

— Cette enquête était directement liée à la guerre, même si j'ai dû l'effectuer majoritairement à Paris.

— L'essentiel est que vous l'ayez menée au bout.

Il sourit.

— Eh bien, nous vous attendrons, inspecteur Louise, nous attendrons que cette guerre se termine et vous viendrez nous rejoindre. Je vais quand même demander à un de vos collègues de vous faire visiter nos locaux et de vous expliquer notre fonctionnement. Il le fera mieux que moi et pourra même vous glisser quelques vacheries sur mon compte.

Il se tourna vers la porte ouverte.

— Froment !

L'inspecteur qui avait accueilli Célestin se présenta presque aussitôt.

— Tu vas faire une visite guidée à Louise, et lui expliquer comment on s'organise ici. Je compte sur toi pour ne pas le décourager tout de suite !

En remontant le boulevard Saint-Michel vers Denfert, Célestin se remémorait son entrevue avec Froment. Il avait été frappé par la vivacité de son collègue, sa bonne humeur, son enthousiasme. L'organisation des brigades mobiles permettait une rapidité de réaction inconnue à la préfecture, avec une grande souplesse dans les procédures. Le prix à payer en était une disponibilité totale

1. Voir *L'arme secrète de Louis Renault, op. cit.*

des hommes : ils étaient de service de façon quasi permanente. Mais cela ne gênait pas Célestin qui se retrouvait dans cette idée d'un sacerdoce. De plus, chaque enquête donnait lieu à un rapport quotidien qu'Hamon analysait et croisait avec ses autres sources d'information. Les premiers résultats, particulièrement en province, avaient été spectaculaires : deux bandes de cambrioleurs démantelées, un violeur arrêté, un maniaque s'attaquant aux vieillards dans divers départements mis hors d'état de nuire. Rue Greffulhe, une berline De Dion-Bouton était prête à démarrer à tout moment. Chaque inspecteur était libre de parfaire son équipement, selon ses envies ou ses obsessions. Froment, par exemple, s'était procuré à ses frais un pistolet Browning fabriqué en Belgique. Il entraîna Célestin au sous-sol, où le nouveau venu eut la surprise de découvrir un stand de tir. Dans l'odeur âcre de la poudre, les deux hommes essayèrent l'automatique. Après quelques premières balles placées trop haut, Célestin s'habitua au tir rapide et réussit une jolie cible. Son collègue avait également au fond de sa poche un poing américain et une petite matraque en plomb. Rien de tout cela, évidemment, n'était fourni par l'administration.

– Pourquoi tu retournes au front ? interrogea Froment. On a besoin de types comme toi, ici, on n'est pas assez et les anciens n'ont pas la mentalité.

– Et si l'Allemagne gagnait la guerre, qu'est-ce que tu ferais ?

— Flic je suis, flic je reste, qu'est-ce que tu veux que je fasse ? Il y aura toujours des voyous.

Un instant, Célestin fut tenté de lui parler des tranchées, de l'amitié qui naissait entre les poilus, dans l'angoisse et la boue, des paroxysmes de violence, du courage inouï qu'il fallait à ces soldats perdus pour tenir un front gigantesque dans les conditions les plus effroyables. Mais à quoi bon raconter ? Ceux qui n'étaient pas allés se battre étaient incapables de comprendre, et ceux qui en revenaient n'en parlaient plus. Ainsi se creusait dans le pays en guerre un invisible fossé, plus profond que les tranchées et qu'il faudrait plusieurs générations pour combler.

— J'ai des potes là-bas, dit simplement Célestin. Chaque jour qui passe sans qu'ils se fassent tuer est une sorte de miracle. Je ne peux pas les laisser.

Froment n'insista pas. Il avait deviné dans la voix de Louise la profondeur d'un drame qui lui échappait. Pourtant, malgré sa détermination, Célestin fut tenté un moment de rester, de laisser la guerre aux autres, de ne jamais retourner sous les obus, sous le feu des mitrailleuses et le fracas des grenades. Tandis qu'il descendait vers la place d'Italie, il s'imagina intégrant dès le lendemain la brigade mobile et s'attaquant à des bandits qui ne possédaient ni mortiers, ni canons, ni gaz asphyxiants. Une douleur violente lui traversa l'épaule. Sa blessure lui ferait mal longtemps, aussi longtemps que durerait la guerre. Il lui restait deux jours de permission.

Rue Corvisart régnait une agitation inaccoutumée. Un groupe d'habitants du quartier, des femmes surtout, discutaient avec animation avec un officiel entouré d'agents de police. Plus loin, des ouvriers de la voirie commençaient déjà, en amont du petit pont qui enjambait la Bièvre, à installer des poutres métalliques sur le petit cours d'eau.

— J'ai passé toute ma vie ici ! claironnait une grosse blanchisseuse, vous n'avez pas le droit de me mettre dehors !

— Enfin, madame, soyez raisonnable, plaidait le représentant de la mairie. Nous sommes obligés de recouvrir la Bièvre, c'est un ouvrage de salubrité publique.

— De saloperie publique, oui ! grinça la femme.

Célestin questionna un des ouvriers qui lui confirma que les travaux de couverture de la rivière, qui avaient été entamés au sud du boulevard Blanqui, devaient être achevés pour la fin de l'année. Cela impliquait pas mal d'aménagements tout autour, et en particulier l'expropriation des riverains et la destruction de leurs habitations, pour la plupart construites en bois. Inquiet, le jeune policier se hâta jusqu'à la maison de sa sœur. L'escalier paraissait toujours aussi fragile, et le même bric-à-brac encombrait encore l'entrée. En haut des marches, la porte était entrouverte. Célestin allait la pousser lorsqu'elle s'ouvrit toute grande. Il se retrouva face à face avec Éliane. Elle transportait un cageot de vieilleries qu'elle allait mettre au rebut. Elle ouvrit la bouche de surprise en voyant le jeune homme.

— Vous êtes à Paris ?

— Non : je ne suis qu'une apparition. Vous permettez ?

Il lui prit le cageot des bras et redescendit avec.

— On le met où ?

— Laissez-le là, dans la courette. Un chiffonnier vient ce soir faire sa tournée. Avec tout ce monde qui déménage, ça lui fera des tas de choses à emporter.

— Vous aussi, vous devez partir ?

— Toutes les maisons le long de la Bièvre, jusqu'aux Gobelins.

— Vous allez où ?

— Ils ont réquisitionné un immeuble, vers Nationale. On a le droit à un petit appartement. Ça ira, ne vous inquiétez pas.

Elle l'avait suivi en bas. Ils regardèrent un instant couler la rivière où ne travailleraient plus ni blanchisseuses ni mégissiers.

— Alors, vous êtes de retour ?

La voix d'Éliane était douce, elle souriait.

— Je repars après-demain.

— Ça vous fait quand même deux nuits ici…

— Et vous, quand devez-vous laisser la maison ?

— On a une semaine. Venez.

Avec une audace toute simple qu'il ne lui connaissait pas, elle lui prit la main et l'entraîna jusque dans la maison. Des ballots de linge et d'affaires étaient rangés en vrac un peu partout.

— Où est Sarah ?

— On a regroupé les enfants du quartier chez une voisine. Avec tout ce désordre, et tout à préparer…

— Elle marche, maintenant ?

— Presque. Pour l'instant, elle tombe plus qu'elle n'avance, mais elle est obstinée. Je vous sers quelque chose ? Il reste un peu de café.

Célestin s'installa à la table qui servait à tout, à manger, à repasser, à changer la petite et, autrefois, à jouer aux cartes du temps de Jules[1]. Éliane lui servit un café réchauffé, un peu amer, mais tellement meilleur que celui des tranchées.

— Comment va Gabrielle ?

— Toujours pareil. Elle travaille comme une brute à la brasserie et elle veut encore tout faire ici quand elle rentre. Du coup, on se prend le bec.

— Je me doute que vous devez vous taper dessus, plaisanta Célestin.

Éliane eut un éclat de rire et s'assit près de lui. Elle le dévorait des yeux.

— Il y a quelque chose de changé en vous. Vous paraissez plus grave… Un peu triste.

— Je suis un soldat, Éliane. Quelqu'un qui tue.

Comme elle ne répondait rien et continuait à le fixer, il ajouta :

— J'ai été blessé. Cela va bien, maintenant, je suis guéri. Inutile de le dire à Gabrielle, elle s'inquiéterait.

— Et moi, je ne m'inquiéterais pas ?

Elle s'était redressée, les yeux brillants. La transpiration avait collé à son front une mèche de cheveux, et son col entrouvert dégageait son cou gracieux. Elle était belle. Elle aussi avait changé, la maternité l'avait mûrie, lui donnant un charme

1. Voir *La Cote 512, op. cit.*

nouveau. Célestin eut envie d'elle, elle le sentit. Ils restèrent silencieux. Du dehors, par la fenêtre ouverte, leur parvenaient les cris des blanchisseuses, les interpellations des gendarmes et, plus lointains, les coups de pioche des terrassiers. Ce fut elle qui, la première, avança la main pour entremêler ses doigts à ceux de Célestin. Il répondit à son geste et l'attira à lui. Elle s'assit sur ses genoux, il la serra dans ses bras, enfonçant son visage dans les cheveux de la jeune femme. À l'odeur aigre-douce de sa transpiration se mêlaient des restes de parfum et de savon pour enfant. Il lui caressa le dos, remonta jusqu'à la nuque où le chignon défait laissait jouer quelques mèches folles. Puis, avec une infinie douceur, il s'écarta, prit le visage d'Éliane dans ses mains et posa ses lèvres sur les siennes. Leur baiser dura une éternité. Quand ils se furent une nouvelle fois écartés l'un de l'autre, la jeune femme se leva et prit la main de Célestin. En souriant, elle l'entraîna vers la chambre. Un rayon du soleil couchant traversait la pièce, découpant un rectangle d'or au coin du mur. Il faisait bon. Éliane laissa tomber sa robe et fut bientôt nue devant lui. Cela s'était fait naturellement, avec simplicité, comme si tous deux, dans le temps de l'absence, s'étaient accordés sans rien se dire. Il aima son corps, mince et blanc, ses deux petits seins fermes, son ventre à peine arrondi de la grossesse passée et, plus bas, la touffe blonde qui laissait deviner son sexe. Elle s'avança et prit le temps de lui ôter un à un ses vêtements de soldat. Elle s'allongea sur le lit, offerte à lui. Le cœur de

Célestin battait vite. Et soudain, tandis qu'il se penchait sur elle, il la vit blessée, le corps troué de balles, avec du sang qui coulait et s'étalait en larges taches rouge sombre. Il secoua la tête pour chasser ces images de mort. Elle sentit son trouble et se redressa.

— Célestin… Qu'est-ce que tu as ?

Il nota que, pour la première fois, elle le tutoyait.

— Je vois du sang, Éliane, du sang sur toi, partout…

— Mais il n'y a rien, tu vois bien.

Il s'était détourné. Elle se leva et l'enlaça. Il ferma les yeux et se laissa aller à toute cette douceur. Elle murmurait des mots de femme et d'amante, de mère, de sœur, elle lui disait des mots d'amour et de tendresse qui rentraient en lui et, peu à peu, l'apaisaient. De nouveau, il la prit dans ses bras et, cette fois, rien n'entravait plus son désir. Il assouvit sur elle toute sa faim, il combla de toutes ses forces le manque qui le dévastait. Elle répondit à ses caresses avec une sensualité qui le surprit. Elle prit son plaisir dans un grand cri. Il la rejoignit et tous deux restèrent immobiles dans la chaleur du soir. Le carré de lumière s'était éteint et l'obscurité effaçait peu à peu les contours de la chambre. Seuls les yeux d'Éliane brillaient dans la pénombre. Célestin ouvrit la bouche pour parler, elle lui posa un doigt sur les lèvres.

— Je sais, murmura-t-elle.

Alors il posa la tête sur son ventre et, d'un seul coup, s'endormit.

REMERCIEMENTS

Je tiens à remercier Anne pour son écoute, Sabine pour sa confiance et ses encouragements, Sylvie et Mathurin pour leur hospitalité.

DU MÊME AUTEUR

Chez Nouveau Monde éditions

LE GENDARME SCALPÉ, 2009.

LES TRAÎTRES, 2008.

LE CHÂTEAU D'AMBERVILLE, 2007, Folio Policier n° 540.

L'ARME SECRÈTE DE LOUIS RENAULT, 2006, Folio Policier n° 528.

LA COTE 512, 2005, Folio Policier n° 497, prix Grand Témoin Junior 2008.

COLLECTION FOLIO POLICIER

Dernières parutions

345.	Bernard Mathieu	*Zé*
346.	Ian Rankin	*Le jardin des pendus*
347.	John Farris	*Furie*
348.	Carlene Thompson	*Depuis que tu es partie*
349.	Luna Satie	*À la recherche de Rita Kemper*
350.	Kem Nunn	*La reine de Pomona*
351.	Chester Himes	*Dare-dare*
352.	Joe R. Lansdale	*L'arbre à bouteilles*
353.	Peppe Ferrandino	*Le respect*
354.	Davis Grubb	*La nuit du chasseur*
355.	Georges Simenon	*Les Pitard*
356.	Donald Goines	*L'accro*
357.	Colin Bateman	*La bicyclette de la violence*
358.	Staffan Westerlund	*L'institut de recherches*
359.	Matilde Asensi	*Iacobus*
360.	Henry Porter	*Nom de code : Axiom Day*
361.	Colin Thibert	*Royal Cambouis*
362.	Gunnar Staalesen	*La Belle dormit cent ans*
363.	Don Winslow	*À contre-courant du Grand Toboggan*
364.	Joe R. Lansdale	*Bad Chili*
365.	Christopher Moore	*Un blues de coyote*
366.	Jo Nesbø	*L'homme chauve-souris*
367.	Jean-Bernard Pouy	*H4Blues*
368.	Arkadi et Gueorgui Vaïner	*L'Évangile du bourreau*
369.	Staffan Westerlund	*Chant pour Jenny*
370.	Chuck Palahniuk	*Choke*
371.	Dan Simmons	*Revanche*
372.	Charles Williams	*La mare aux diams*
373.	Don Winslow	*Au plus bas des Hautes Solitudes*
374.	Lalie Walker	*Pour toutes les fois*
375.	Didier Daeninckx	*La route du Rom*

376.	Yasmina Khadra	*La part du mort*
377.	Boston Teran	*Satan dans le désert*
378.	Giorgio Todde	*L'état des âmes*
379.	Patrick Pécherot	*Tiuraï*
380.	Henri Joseph	*Le paradis des dinosaures*
381.	Jean-Bernard Pouy	*La chasse au tatou dans la pampa argentine*
382.	Jean-Patrick Manchette	*La Princesse du sang*
383.	Dashiell Hammett	*L'introuvable*
384.	Georges Simenon	*Touriste de bananes*
385.	Georges Simenon	*Les noces de Poitiers*
386.	Carlene Thompson	*Présumée coupable*
387.	John Farris	*Terreur*
388.	Manchette-Bastid	*Laissez bronzer les cadavres !*
389.	Graham Hurley	*Coups sur coups*
390.	Thierry Jonquet	*Comedia*
391.	George P. Pelecanos	*Le chien qui vendait des chaussures*
392.	Ian Rankin	*La mort dans l'âme*
393.	Ken Bruen	*R&B – Le gros coup*
394.	Philip McLaren	*Tueur d'aborigènes*
395.	Eddie Little	*Encore un jour au paradis*
396.	Jean Amila	*Jusqu'à plus soif*
397.	Georges Simenon	*L'évadé*
398.	Georges Simenon	*Les sept minutes*
399.	Leif Davidsen	*La femme de Bratislava*
400.	Batya Gour	*Meurtre sur la route de Bethléem*
401.	Lamaison-Sophocle	*Œdipe roi*
402.	Chantal Pelletier	*Éros et Thalasso*
403.	Didier Daeninckx	*Je tue il...*
404.	Thierry Jonquet	*Du passé faisons table rase*
405.	Patrick Pécherot	*Les brouillards de la Butte*
406.	Romain Slocombe	*Un été japonais*
407.	Joe R. Lansdale	*Les marécages*
408.	William Lashner	*Vice de forme*
409.	Gunnar Staalesen	*La femme dans le frigo*
410.	Franz-Olivier Giesbert	*L'abatteur*
411.	James Crumley	*Le dernier baiser*
412.	Chuck Palahniuk	*Berceuse*
413.	Christine Adamo	*Requiem pour un poisson*
414.	James Crumley	*Fausse piste*

415.	Cesare Battisti	*Les habits d'ombre*
416.	Cesare Battisti	*Buena onda*
417.	Ken Bruen	*Delirium tremens*
418.	Jo Nesbø	*Les cafards*
419.	Batya Gour	*Meurtre au Kibboutz*
420.	Jean-Claude Izzo	*La trilogie Fabio Montale*
421.	Douglas Kennedy	*Cul-de-sac*
422.	Franco Mimmi	*Notre agent en Judée*
423.	Caryl Férey	*Plutôt crever*
424.	Carlene Thompson	*Si elle devait mourir*
425.	Laurent Martin	*L'ivresse des dieux*
426.	Georges Simenon	*Quartier nègre*
427.	Jean Vautrin	*À bulletins rouges*
428.	René Fregni	*Lettre à mes tueurs*
429.	Lalie Walker	*Portées disparues*
430.	John Farris	*Pouvoir*
431.	Graham Hurley	*Les anges brisés de Somerstown*
432.	Christopher Moore	*Le lézard lubrique de Melancholy Cove*
433.	Dan Simmons	*Une balle dans la tête*
434.	Franz Bartelt	*Le jardin du Bossu*
435.	Reiner Sowa	*L'ombre de la Napola*
436.	Giorgio Todde	*La peur et la chair*
437.	Boston Teran	*Discovery Bay*
438.	Bernhard Schlink	*Le nœud gordien*
439.	Joseph Bialot	*Route Story*
440.	Martina Cole	*Sans visage*
441.	Thomas Sanchez	*American Zazou*
442.	Georges Simenon	*Les clients d'Avrenos*
443.	Georges Simenon	*La maison des sept jeunes filles*
444.	J.-P. Manchette & B.-J. Sussman	*L'homme au boulet rouge*
445.	Gerald Petievich	*La sentinelle*
446.	Didier Daeninckx	*Nazis dans le métro*
447.	Batya Gour	*Le meurtre du samedi matin*
448.	Gunnar Staalesen	*La nuit, tous les loups sont gris*
449.	Matilde Asensi	*Le salon d'ambre*
450.	Jo Nesbø	*Rouge-gorge*
451.	Olen Steinhauer	*Cher camarade*
452.	Pete Dexter	*Deadwood*
454.	Keith Ablow	*Psychopathe*

455.	Batya Gour	*Meurtre à l'université*
456.	Adrian McKinty	*À l'automne, je serai peut-être mort*
457.	Chuck Palahniuk	*Monstres invisibles*
458.	Bernard Mathieu	*Otelo*
459.	James Crumley	*Folie douce*
460.	Henry Porter	*Empire State*
461.	James Hadley Chase	*Pas d'orchidées pour Miss Blandish*
462.	James Hadley Chase	*La chair de l'orchidée*
463.	James Hadley Chase	*Eva*
464.	Arkadi et Gueorgui Vaïner	*38, rue Petrovka*
465.	Ken Bruen	*Toxic Blues*
466.	Larry Beinhart	*Le bibliothécaire*
467.	Caryl Férey	*La jambe gauche de Joe Strummer*
468.	Jim Thompson	*Deuil dans le coton*
469.	Jim Thompson	*Monsieur Zéro*
470.	Jim Thompson	*Éliminatoires*
471.	Jim Thompson	*Un chouette petit lot*
472.	Lalie Walker	*N'oublie pas*
473.	Joe R. Lansdale	*Juillet de sang*
474.	Batya Gour	*Meurtre au Philharmonique*
475.	Carlene Thompson	*Les secrets sont éternels*
476.	Harry Crews	*Le Roi du K.O.*
477.	Georges Simenon	*Malempin*
478.	Georges Simenon	*Les rescapés du Télémaque*
479.	Thomas Sanchez	*King Bongo*
480.	Jo Nesbø	*Rue Sans-Souci*
481.	Ken Bruen	*R&B – Le Mutant apprivoisé*
482.	Christopher Moore	*L'agneau*
483.	Carlene Thompson	*Papa est mort, Tourterelle*
484.	Leif Davidsen	*La Danois serbe*
485.	Graham Hurley	*La nuit du naufrage*
486.	John Burdett	*Typhon sur Hong Kong*
487.	Mark Henshaw / John Clanchy	*Si Dieu dort*
488.	William Lashner	*Dette de sang*
489.	Patrick Pécherot	*Belleville-Barcelone*
490.	James Hadley Chase	*Méfiez-vous, fillettes !*
491.	James Hadley Chase	*Miss Shumway jette un sort*

492.	Joachim Sebastiano Valdez	*Celui qui sait lire le sang*
493.	Joe R. Lansdale	*Un froid d'enfer*
494.	Carlene Thompson	*Tu es si jolie ce soir*
495.	Alessandro Perissinotto	*Train 8017*
496.	James Hadley Chase	*Il fait ce qu'il peut*
497.	Thierry Bourcy	*La cote 512*
498.	Boston Teran	*Trois femmes*
499.	Keith Ablow	*Suicidaire*
500.	Caryl Férey	*Utu*
501.	Thierry Maugenest	*La poudre des rois*
502.	Chuck Palahniuk	*À l'estomac*
503.	Olen Steinhauer	*Niet camarade*
504.	Christine Adamo	*Noir austral*
505.	Arkadi et Gueorgui Vaïner	*La corde et la pierre*
506.	Marcus Malte	*Carnage, constellation*
507.	Joe R. Lansdale	*Sur la ligne noire*
508.	Matilde Asensi	*Le dernier Caton*
509.	Gunnar Staalesen	*Anges déchus*
510.	Yasmina Khadra	*Le quatuor algérien*
511.	Hervé Claude	*Riches, cruels et fardés*
512.	Lalie Walker	*La stratégie du fou*
513.	Leif Davidsen	*L'ennemi dans le miroir*
514.	James Hadley Chase	*Pochette surprise*
515.	Ned Crabb	*La bouffe est chouette à Fatchakulla !*
516.	Larry Brown	*L'usine à lapins*
517.	James Hadley Chase	*Une manche et la belle*
518.	Graham Hurley	*Les quais de la blanche*
519.	Marcus Malte	*La part des chiens*
520.	Abasse Ndione	*Ramata*
521.	Chantal Pelletier	*More is less*
522.	Carlene Thompson	*Le crime des roses*
523.	Ken Bruen	*Le martyre des Magdalènes*
524.	Raymond Chandler	*The long good-bye*
525.	James Hadley Chase	*Vipère au sein*
526.	James Hadley Chase	*Alerte aux croque-morts*
527.	Jo Nesbø	*L'étoile du diable*
528.	Thierry Bourcy	*L'arme secrète de Louis Renault*

Composition Nord Compo
Impression Novoprint
le 26 janvier 2009
Dépôt légal : janvier 2009

ISBN 978-2-07-034798-8./Imprimé en Espagne.

152867